나이 듦의 즐거움

인 문 학 자
김 경 집 의
중 년 수 업

나이듦의 즐거움

김경집 지음

개정판 서문

다시, 나이듦의 즐거움에 대하여

나이 들어가는 것을 좋아할 사람 별로 없겠지요. 아름답던 외모는 사라지고 넘치던 힘은 사위며 존재감은 약해지는 걸 누가 마다하지 않겠습니까. 그러니 하루라도 어려 보이고 싶어 보톡스도 맞고 안티에이징 제품도 구입해 쓰는 것이겠지요. 어렸을 때는 한 살이라도 노숙하게 보이고 싶어 아버지의 트렌치코트나 엄마의 스카프, 형이나 언니의 패션 아이템을 하나 슬쩍 걸치고 나갔었는데 말입니다. 가만 돌아보면 가장 아름다운 건 제 나이를 살아가는 게 아닌가 싶습니다. 혹시 제 나이대로 살지 못하는 어리석음에 빠져 있지 않은가 싶은 생각도 듭니다.

나이 들어가는 건 잘 익은 포도주처럼 숙성되는 과정이라고 듣기 좋게 말하는 사람도 있지만 막상 나이 드는 것을 체감하는 건 조금은 서글픈 일입니다. 그래서 자꾸만 옹색해지거나 작은 일에도 서운해지곤 하는 모양입니다. 그런데 나이 들어서 서글픈 게 아니고 그렇게 작아지고 옹색해지는 것을 서글퍼해야 하는 것 아닌가 싶기도 합니다.

살아오면서 배운 것도 겪은 것도 많습니다. 불필요한 더께 걷어낼 줄 알고 욕심 덜어낼 줄 아는 지혜도 배웠습니다. 그러니 큰 자산이고 자랑입니다. 좀 더 너그러워지고 지혜로워지는 것이 나이 들어가는 것이라면 기꺼이 즐기고 누릴 수 있기 때문이지요.

학교를 떠나 충청도의 면소재지 해미에 내려와 수연재(樹然齋)라는 작은 작업실을 마련했습니다. 제 작업실은 볕 잘 드는 남향인데 늦은 오후가 되면 아주 다솜한 시간을 만끽할 수 있습니다. 등으로 해넘이를 받으면서 산자락이 보여주는 향연이랄까요. 흔히 정면으로 마주보는 해넘이는 아주 짧은 시간에 끝납니다. 그런데 반대편 산자락에 펼쳐지는 해넘이는 아주 긴 시간 동안 이어집니다. 늘 지는 해만 짧게 바라봤지, 해넘이가 이토록 오랫동안 이어질 수 있다는 건 미처 몰랐다 싶었습니다. 너그러운 햇살과 부드러운 색채가 산자락에 넉넉하게 펼쳐진 모습 덕분에 오후를 더욱 농밀하게 지냅니다. 그걸 모르고 이때까지 떨어지는 해만 보고 급히 달렸던 셈입니다.

처음 이 책을 썼을 때가 마흔 후반이었으니 '나이듦의 즐거움'이라는 이름이 무색한 일이었지요. 조금은 겉늙은 느낌도 들었고 남은 시간 많은데 건방진 제목이라는 생각이 든 건 사실입니다. 그러나 그건 '늙어감'이 아니라 '제 나이를 사는 즐거움'이라는 뜻이 담긴 이름이었습니다. 지금도 그 생각에는 변함이 없습니다. 한 번이라도 제 나이를 제대로 살아야겠다는 다짐이기도 합니다. 살아온 날들이 살아갈 날들과 화해하고 조화를 이룰 수 있으면 나이 들어가는 것이 고맙고 행복하겠지요. 이제 쉰 중반을 넘기면서 그 생각은 더욱 짙어집니다. 지금껏 밭게 살아온 시간을 이제 조금은 성기게 살아도 된다는 여유와 작은 일에도 뾰족해졌던 성정을 매끄럽고 보드랍게 변화시키는 너그러움, 이것들을 더 많이 더 깊게 느낄 수 있으니 나이 들어가는 것이 저는 즐겁습니다. 그래서 저는 지금의 제 나이가 가장 좋습니다. 그리고 앞으로도 늘 그 '제 나이'를 즐기고 누리며 살고 싶습니다.

안타깝게도 나이듦에 대한 지금 우리의 태도는 불안과 두려움인 것 같습니다. 현재의 삶에 대한 회한과 앞으로 살아갈 날들에 대한 불안은 돈과 힘이 없으면 노후의 삶이 피폐해질 것이라는 두려움으로 나타납니다. 그래서 자꾸만 연금보험이니 뭐니 하는 물질적인 것들에만 눈길이 가고 세상도 그런 것들만 떠들어댑니다. 하지만 진짜 나이 들어가는 행복은 물질이 아니고 또한 아니어야 합니다. 그렇다고 정신적 가치 운운 하고 싶은 생각도 없습니다. 열심히 살았으니 물질적인 것도 누리며 살아야지요. 그러나 차갑기만 했던 지성은 따뜻해지고, 무르기만 했던 감성은 단단해지며, 한쪽으로 쏠렸던 영성은 조화와 균형을 갖추게 되는 것이 나이 들어가며 누리는 행복이 아닐까 싶습니다. 그렇게 조금씩 갖춰가는 것이 나이듦이라면 쇠락하는 것에 서러워할 게 아니라, 오히려 끝없이 채워지고 농밀해지는 삶에 대한 기쁨을 누릴 수 있겠지요.

'뜻은 높게, 생각은 깊게, 영혼은 맑게, 삶은 소박하게'라는 다짐을 잃지 않고 늘 새기며 실천하는 삶으로 나이 든다면 그보다 더 큰 행복은 없겠다 싶습니다.

2014년 3월 해미 수연재에서

초판 서문

길 떠나는 이들과 나누고 픈 이야기

지금까지 해온 거라고는 나이 먹은 것밖에는 딱히 없는 것 같습니다. 변변하게 이뤄놓은 것도, 뛰어난 학문적 성과도, 남부럽지 않은 재산도…… 드러낼 게 아무것도 없습니다. 다만 사랑하는 가족과, 늘 힘과 보람이 되는 학생들과, 가까운 벗과 이웃들이 있다는 소박한 행복과 감사를 간직하고 살아왔습니다. 돌아보니 마흔 고개도 이제 거의 끝자락에 닿아 있습니다.

엄청난 속도로 내달리는 세상입니다. 거기 맞추느라 숨이 가빠 헐떡이며 살았습니다. 때로는 전투적일 수밖에 없었습니다. 그러면서도 작지만 소중한 것을 잃고 살았다는, 살고 있다는 느낌을 지울 수 없었습니다. 나이가 들면서 그런 생각이 덜어지질 않습니다. 푸른 산에서 부는 바람결에 느끼는 여유와 너그러움을 나누며 살았으면 좋겠다는 소박한 생각으로 마흔의 삶을 돌아봤습니다. 뒤를 돌아보는 게 회한과 아련한 애틋함 때문만은 아닙니다. 아직도 많은 시간이 남았습니다. 이제 서서히 접는 삶이 아니라 담았던 자락들을 더 많이 펼치며 살아야 할 시간들입니다. 그 바람이 제게 이 글을 쓰도록 한 것 같습니다. 맛깔나고 멋진 글을 쓸 재주도 없으면서, 그저 있는 그대로 어설프고 느슨하게나마 그냥 담을 수 있었던 것은 바로 함께 사는 이들에게 한 움큼의 산들바람이었으면 좋겠다는 혼자만의 작은 소망이 있기 때문이었습니다.

어린 시절 두 사람이 제 삶에 있었습니다. 한 사람은 전혜린이었고, 다른 한 사람은 린위탕(林語堂)이었습니다. 전혀 다른 결로 삶을 꾸려간 두 사람이 어떻게 어린 제게 자리 잡았는지는 모르겠습니다. 어느덧 마흔 줄을 넘기며 돌아보니 전혜린의 깊은 통찰과 번뇌를 제대로 새겨보지 못했다는 회한과 부끄러움이 듭니다. 서른하나에 스스로 삶을 마감한 그녀는 어쩌면 인생의 가장 치열하면서도 성숙한 마흔의 시간을 들여다보지 못한 셈이고, 그렇게 생각하니 그녀를 제 삶에서 덜어낼 수 있었습니다. 더불어 오랫동안 상자 속에 가둬두었던 린위탕의 삶과 글이 제게 떠오르는 건 단순한 자기 합리화만은 아닙니다. 겪어본 삶만이 그 나이를 말할 수 있다는 걸 제 몸과 마음이 조금은 깨달은 것 같습니다.

매순간이 인생의 황금기이겠지만, 어쩌면 마흔의 삶이야말로 그 꽃이 아닌가 싶습니다. 하지만 그게 꽃이었는지 잡초였는지 분간도 하지 못하며 살았습니다. 까만 교복과 엄격한 규율 속에 갇혀서 보낸

청소년기, 두 번씩이나 휴교를 겪으며 늘 긴장과 불만으로 숨죽인 채 살아야 했던 대학시절…… 독재에 대한 항거와 좌절로 채워진 젊은 시절이었습니다.

외국 여행은 꿈도 꿔보지 못하고 대학 생활을 마감한 마지막 세대가 40대일 겁니다. 다른 나라 같으면 10년에 겨우 이뤄질까 말까 한 일들이 우리 세대에게는 채 1년도 되지 않아 이뤄지는, 그야말로 속전속결의 세월을 살아야 했습니다. 젊은 시절 품었던 꿈은 꺼내볼 엄두도 못 내고 그냥 내처 달음질쳐야만 했던 삶이었습니다. 게다가 아날로그의 끝자락과 디지털의 첫 단추를 동시에 쥐고 있어서 가랑이 찢기는 변화의 한복판을 살아야 했습니다. 하지만 시간이 지나고 나니 아날로그의 따뜻함과 디지털의 빠르기를 함께 누리고 살 수 있는 독특한 자산을 가진 자랑스러운 세대라는 생각이 들기도 합니다.

어릴 적 뚝방길 너머 논바닥에 흐드러지게 피었던 가짓빛 자운영이 떠오릅니다. 지금은 화학비료들이 많아서 아무도 거들떠보지 않는 거름꽃입니다. 하지만 무성하게 자라서 쟁기질 한 번에 땅 힘으로 부활하는 소중한 꽃입니다. 파묻혀 사라진 것이 아니라 땅 힘을 든든하게 채우고 찬란하게 다시 움트는 꽃입니다.

장미도 튤립도 아닌 자운영 꽃처럼 살아온 듯합니다. 이제는 남은 여정이 그리 많지 않다는 새로운 불안으로 조바심이 나기도 합니다. 그러나 이제야말로 품었던 꿈들을 하나씩 꺼내 조각그림들을 맞출 수 있는 나이라는 생각이 듭니다. 그 길 떠나기 전 차분하게 지나온 여정을 되짚어보는 여유를 가질 수 있으면 좋겠습니다.

속도를 얻으면 풍경을 잃고 풍경을 얻으면 속도를 잃기 쉽다는, 삶에서의 경험이 자꾸만 우리를 엉거주춤하게 만듭니다. 그러나 무심하게 흘러가기만 한 줄 알았던 시간은, 어쩌지 못하는 그 곤경도 조금은 덜어내며 살 수 있음을 가르쳐줍니다. 그게 삶이라는 걸, 미련하게도 참 늦게 깨달았습니다.

이 강팍한 세상에서 따뜻한 마음을 간직하고 있는 이들에게 편지를 쓰고 싶었습니다. 편지는 가장 살갑게 다가갈 수 있는 글이기 때문입니다. 이 편지들이 긴 여정에 지친 이들의 발을 잠깐 담을 수 있는 작은 개울이 될 수 있으면 좋겠습니다. 개운해진 걸음으로 다시 길 떠나는 이들과 함께 나누고 싶은 마음으로 썼습니다. 이 편지를 보낼 수 있는 이들이 있다는 사실만으로도 저는 고맙고 행복합니다. 따뜻하고 겸손하게 살 수 있도록 서로 붙잡아준 이들이 소중합니다. 그들을 사랑합니다.

삶에 지친 이들과 남은 길 다잡고 길 나서는 이들에게 잠깐이나마 위안과 희망이 될 수 있다면 더 바랄 것이 없겠습니다. 사랑하는 아내 마리아와 고마운 두 아들 용우, 민성이에게 이 책을 바치고 싶습니다.

2007년 1월

김경집

차 례

1장

잃은 것은 시력, 얻은 것은 심력

2장

제 나이에 맞춰 사는 행복

3장

내 삶의 북극성을 찾아

No.

1장

잃은 것은 시력, 얻은 것은 심력

나이듦의 즐거움

잃은 것은 시력, 얻은 것은 심력

대학가의 방학은 시작되었지만 계절학기 강좌를 맡은 까닭에 아직은 방학 기분을 느끼지 못합니다. 요즘은 취업이 힘들어서인지 방학이 되어도 학교에 학생들이 제법 많습니다. 안타깝고 미안한 생각이 듭니다. 우리 때에는 그런 고민 하지 않았는데, 젊은 저 친구들에게는 취업 자체가 가장 중요하고 시급한 문제라고 생각하니, 우리가 나이를 헛먹었구나 하는 생각이 듭니다. 내 아이들은 나보다 더 좋은 세상에 살도록 하는 것이 최소한의 도리라는 점에서 우리 모두는 이 젊은이들에게 죄를 짓고 있다는 생각을 떨쳐버릴 수가 없습니다. 어서 세상이 더 좋아져서 우리 젊은이들이 마음껏 제 미래를 펼쳐나갈 수 있는 때가 왔으면 좋겠습니다.

수업을 열면서 출석을 부를 때마다 돋보기를 꺼내야 합니다. 몇 해 전부터 갑자기 노안이라는 불청객이 찾아오더니 자리를 틀고 앉아 도무지 갈 생각을 하지 않습니다. 머리에 서리가 앉을 때도 그리 서럽지는 않았는데, 출석부를 보기 위해 돋보기를 걸치는 신세가 되니 조금은 서럽고 노엽기도 했습니다. 아무리 젊은 학생들과 가까워지려 해도 어찌 할 수 없는 그 시간의 벽은 그렇게 감출 수 없는 돋보기로 탄로가 납니다.

하지만 잃는 것이 있으면 얻는 것도 있어서 삶이 조금은 공평한지도 모르겠습니다. 저는 평소 사람 얼굴과 이름을 짝짓는 것에 여간 손방이 아니었습니다. 그런데 돋보기를 걸쳐야 출석부의 잔글씨를 읽게 되니 수업 시작 전에 여러 차례 학생들의 이름을 읽고 외우게 됩니다. 그런 다음 강의실에 들어가서 학생들의 얼굴을 확인하며 외워뒀던 이름과 짝을 맞춰봅니다. 그리고 가능하면 수업 시간에 학생들의 이름을 불러주려고 애씁니다. 제 이름이 불린 학생들은 자신의 존재감을 인정해주는 것으로 받아들여서인지 그런 관심을 흡족해하는 눈치입니다.

노안이 오고부터는 여러 차례 책을 이리저리 읽고 수업에 들어갑니다. 수업 중에 아예 책을 힐끗거리지 않으려고 말입니다. 처음에는 그런 짓도 부질없고 쓸데없는 자존심이려니 하는 생각이 들어 곧 걷어치우려 했습니다. 하지만 그게 제게 공부도 되고 뇌의 자극을 위해 도움이 된다는 생각에 그냥 밀고 나가기로 했습니다.

토스카니니라는 위대한 지휘자가 있었죠. 본디 첼리스트였던 이 이탈리아 음악가는 암보(暗譜)의 귀재로 이름을 날렸던 사람입니다.

모든 곡을 다 외워 연주해서 많은 사람들을 놀라게 했는데 사실은 아주 지독한 근시였고 안경 쓰는 게 자존심에 생채기를 낸다며 굳이 맨눈으로 공연을 하느라 어쩔 수 없었던 겁니다. 그러나 그는 모든 악보를 머릿속에 담아둠으로써 오히려 자신의 가슴과 머리를 통해 저장되고 숙성된 음악을 균형 있고 밀도 있는 소리로 만들어낼 수 있었습니다.

노후에 그는 암보 덕분에 노인들에게 흔히 나타나는 건망증(요즘으로 치자면 일종의 치매지요)을 예방할 수 있었다고 했습니다. 어찌 제가 마에스트로 토스카니니의 어깨에 살짝이나마 견줄 수 있겠습니까만, 치매를 예방하는 뇌운동에는 도움이 되기도 하겠다는 생각은 들더군요.

먼 곳은 졸보기안경을 써야 하고 가까운 곳은 돋보기안경을 써야 하는 이 어정쩡한 눈이, 어쩌면 조금 일찍 찾아왔다 싶기도 합니다. 하지만 가까운 것, 적당한 것, 먼 것을 이 안경, 저 안경, 그리고 맨눈, 이 세 가지로 나누어 봐야 한다는 게 조금은 얄궂지만 한편으로는 세상을 세 토막으로 쪼개어 볼 수 있는 스펙트럼을 갖게 된 것 같습니다. 돋보기를 써야 하는 처지의 유치한 자기 합리화일지도 모르지요. 하지만 그렇게라도 해야 그동안 잊고 지냈던 것들에 고마움을 느낄 수 있는 게 아닐지요.

잃은 것은 시력이지만 얻은 것은 심력(心力)이 아닌가 하는 생각이 듭니다.

아내의 흰 머리를 염색하며

휴일 아침 아내가 염색을 해달라며 식탁에 앉았습니다. 일반 염색약은 독해서 못하고 헤나라는 천연염료는 해가 없다고 해서 그릇에 풀어 물에 개면서 아내의 머리칼을 이리저리 살펴보았습니다. 몇 해 전까지만 해도 앞머리와 옆자락에 조금씩 나기 시작하더니 이제는 정수리에도 한 움큼 하얀 잔디가 피어올랐습니다. 항암치료에도 빠지지 않았던 머리카락이 세월의 집요함에는 견딜 재간이 없었던 모양입니다.

아직도 아내가 매달 병원에 검사하러 갈 때마다 불안과 조바심은 덜어지지 않습니다. 이젠 제법 벗어났지 싶으면서도 혹시라도 좋지 않은 징후가 있거나 재발했다는 의사 선생님의 말을 듣지 않기를 기도하면서 하루를 초조하게 지냅니다. 그리고 별일 없다는 말을 들으면 다시 한 달이 행복합니다. 이제는 여성들 생리처럼 달거리가 된 일상입니다. 그런데도 조바심과 불안은 여전히 익숙하지 않습니다. 늘 낯설고 만나기 싫은 일입니다.

하지만 지나고 나면 다음 한 달이 더욱더 고맙고 기쁘고 행복해지는 덤도 얻습니다. 힘들고 버거운 하루를 지내본 사람만이 다음 날 평화의 달콤함을 알 수 있습니다. 가뭄 뒤 단비처럼, 장마 뒤 무지개처럼 반갑고 고맙습니다. 그런데 이것도 여러 해를 반복하다 보니 때로는 그냥 일상사처럼 건조하게 지나가기도 합니다. 어떤 때는 바쁘고 중요한 일에 가려서, 어떤 때는 이제는 그 조바심에서 조금은 자유롭고 싶어서 애써 외면하고 태연한 척하기도 합니다. 그러다가도 온통 그 결과에 대한 걱정과 불안으로 발을 동동거리는 자신을 발견하기도 합니다.

아내를 처음 만난 것은 대학원 첫 학기를 마친 여름방학 때였습니다. 같은 해에 대학을 졸업하고 직장에 다니고 있던 아내를 만나 네 해를 사귀다가 결혼하게 되었습니다. 평생을 사랑하고 존경하며 살겠다고, 오직 행복하게만 해주겠다고, 나쁜 일은 모두 막아주며 아끼겠다고 굳게 마음먹고 함께 산 지 거의 스무 해가 되었습니다.

그런데 죽음의 목전까지 다다른 아내를 그저 속수무책으로 바라만 보게 되었을 때 그 망연자실이란! 혹시 나와 함께 살아서 그 몹쓸 병에 걸린 것은 아닐까 하는 자책과 원망이 씻기질 않았습니다. 세 번째 항암치료 때에는 큰 키에 체중이 불과 30킬로그램이 채 되지 않는, 그야말로 뼈만 앙상하게 남은 그녀를 보고 차마 앞에서는 울지 못하고 돌아서서 울어야 했습니다. 초등학교에 다니던 두 아이를 보면 가슴이 무너지는 것 같았습니다.

모두가 포기할 준비를 하고 있었는데 아내는 씩씩하게 이겨내고 있었습니다. 항암제 때문에 거의 초주검이 되었을 때에는 지친 제가 깰까 봐 혼자 거실에서 입을 틀어막고 엉엉 울면서 고통을 참던 아내였습니다. 다행히 조금씩 나아지는 것 같았습니다. 하지만 희망을 갖기에는 일렀습니다. 설마 잠깐 이러다가 예상대로 우리 곁을 떠나겠지 하는 체념의 단단한 껍질이 우리를 감쌌습니다. 그런데 아내는 스스로 그 껍질을 벗겨내기 시작했습니다. 한 해에 200일 넘게 병원에 있으면서도 가족들에게는 늘 웃음을 보여주던 아내였습니다. 마침내 지금은 일상생활을 할 정도로 돌아왔습니다. 그것만으로도 평생을 감사하며 살 일입니다.

참 곱고 예쁘던 아내가 나이와 병마와의 힘든 싸움의 후유증 때문인지 주름도 잡히고 머리칼도 빠지더니 최근 들어 머리가 하얗게 바래기 시작한 것입니다. 더 잘해주었어야 했는데 그러지 못했다는 미안함이 그녀의 머리칼을 염색하며 한꺼번에 울컥 치밀어오릅니다. 비닐장갑을 끼고 머리칼을 뒤지며 한 올이라도 흰 머리칼을 남기지 않겠다며 염색약을 꼼꼼히 바르고 빗질을 하고 난 뒤 비닐 캡으로 머리를 덮어줍니다.

이 나이에 흰 머리칼 하나 없다면 그건 염치없는 일인지도 모릅니다. 제 머리만 보더라도 이미 하얗게 서리가 내렸는데 아낸들 무슨 재간이 있겠습니까? 하지만 아내만은 늘 처음 만났을 때의 청아함을 간직할 수 있게 해주고 싶습니다. 곧 손등에도 주름이 잡히고 조금 더 지나면 작은 검버섯도 나타나겠지요. 하지만 제 마음속에 간직하고 있는 아내의 모습은 조금도 변하지 않습니다.

때로 신경질 내고 화를 그대로 쏟아내도 그게 살아 있다는 강한 표징이다 싶으면 오히려 반갑고 고맙습니다. 미련하고 소갈머리 없는 남편이어서가 아니라 가장 위급했던 그 순간 다짐했던 그때를 돌이켜보면 저절로 고마움이 솟아나기 때문입니다. 앞으로 이렇게 염색해주는 빈도와 주기가 더 빈번하고 짧아지겠지요. 하지만 아내의 머리칼을 찰랑찰랑 빛나게 만드는 새로운 즐거움도 그만큼 잦아질 것이니 그 또한 기쁨이 될 수 있겠지요.

손을 잡으면 마음까지 함께할 수 있는 게 지아비와 지어미의 '함께 살이'라고 생각합니다. 좋은 점만 보고 살기에도 부족하다고 생각하면 어지간한 건 용서하고 고마워하는 것이 이 나이쯤 얻는 지혜인 것 같습니다. 아내의 머리칼을 염색하면서 오늘 서럽게 행복했습니다. 앞으로 50년만 더 염색을 해주며 살기를 간절히 바라면서.

미술품이 내게 주는 행복

서른 넘어 다소간의 경제적 여유가 생기면서 오랫동안 꿈꾸던 일을 할 수 있게 되었습니다. 그건 바로 좋아하는 미술품을 수집하는 일입니다. 다행히 아내도 동의해주어서 1년에 한 점 정도 구입하기로 했습니다. 처음 산 그림은 황규백 화백의 메조틴트 작품이었습니다. 현대화랑에서 그 작품을 사서 집으로 오는 길이 얼마나 행복했는지, 어느 것과도 비교할 수 없었습니다. 저희 형편으로는 만만한 값이 아니었지만 작품이 너무나 좋았기에 눈을 질끈 감았습니다. 다른 비용 줄여 살면 그 기쁨 얻을 수 있으니 견딜 수 있을 것 같았습니다.

박용인 화백은 저를 예쁘게 보셨는지 작품을 그냥 주시기도 했습니다. 그렇게 모은 것이 유화, 한국화, 수채화, 조각, 도자기, 판화, 금속공예, 목공예, 고가구 등 제법 많았습니다. 운이 닿았는지 결혼기

념일 선물로 받은 것 가운데 가장 아끼는 건 좋아하던 작가의 테라코타였습니다. 심지어 해외여행을 가서도 네 시간이나 실랑이한 끝에 마음에 꼭 드는 작품을 사느라 남들이 이 보따리 저 보따리 선물 꾸릴 때 그냥 눈요기만 하기도 했습니다.

몇 해 전부터는 형편이 여의치 않아 당분간 수집을 접었습니다. 그래도 한 달에 한 번쯤은 인사동이나 사간동에 들러 눈과 마음을 가득 채우고 옵니다. 눈여겨봤던 작가가 몇 해 뒤에 괄목상대 발전한 것에 흐뭇하기도 하고 그 반대의 경우는 제 안목을 탓하거나 그 작가의 나태를 질타하기도 합니다. 정말 마음에 드는 작품을 두고 몇 차례나 걸음을 돌리며 체념할 때는 몹시 아쉽고 안타깝습니다.

사실 온전한 예술 감상은 소유의 욕구를 뛰어넘어야 한다고 합니다. 하지만 그건 원론적인 이야기일 뿐 날마다 내 집에서 원 없이 보고 싶은 마음은 쉬 접기 어렵습니다. 어떤 사람들은 미술품 수집은 돈이 많은 사람이나 호사가들이 하는 것이라며 그런 데 돈 쓰는 걸 이해할 수 없다고 말합니다. 하지만 하룻밤 술값으로 수백만 원 쓴 데에는 눈 하나 깜짝하지 않는 걸 보면 어이가 없습니다.

미술품 수집은 꼭 돈이 많아야 하는 건 아닙니다. 정작 필요한 것은 마음과 눈입니다. 안목을 기르고 관심과 애정을 꾸준하게 쏟는다면 미술 작품이 얼마나 많은 즐거움을 주는지 실감할 수 있을 겁니다. 그럼 점에서 우리가 학교에서 온갖 종류의 실습을 다 했으면서도 정작 감상의 이해를 배운 적이 없다는 것은 안타깝고 치명적인 일입니다.

잘 고른 작품은 투자 가치도 적지 않습니다. 사람들이 그림을 사면 작가들도 다른 일에 창작의 에너지를 낭비하지 않고 오로지 작품에만 전념하여 더 좋은 결실을 얻을 수도 있으니 이 또한 좋은 점이 아닐 수 없습니다. 단기 투자에만 익숙한 사람들에게는 미술품처럼 멀리 봐야 하는 투자가 도통 눈에 들어오지 않겠지요. 하지만 제대로 보고 멀리 본다면 이것만 한 투자가 없다는 걸 알게 될 겁니다.

제 연구실은 그림 한 점이 벽면의 절반을 차지하고 있습니다. 제가 그 그림을 본 것은 작가의 두 번째 전시회에서였습니다. 벌써 10년쯤 되었군요. 그보다 몇 해 전의 첫 개인 전시회에서는 20대 후반의 펄펄 넘치는 에너지와 힘찬 붓놀림을 눈여겨봤습니다. 그리고 두 번째 개인전에서 그 그림을 본 순간 저는 눈과 발을 뗄 수 없었습니다. 이튿날 다시 가서 봤습니다. 전시회가 끝나는 날 다시 가서 봤습니다. 그날이 지나고 다시는 그 작품을 볼 수 없게 되자 도저히 안 되겠더군요. 작가에게 간청했습니다. 그는 가난한 전업작가였습니다. 미술학원 일도 틈틈이 하고는 있었지만 전업작가를 꿈꾸며 매진하고 있는 청년 화가였습니다.

"저는 이 작품이 정말 마음에 듭니다. 리듬감과 흐름, 구도, 유머감, 모두 마음에 듭니다. 그런데 작품을 구매할 형편이 안 됩니다. 그러니 할부로 해주시면 안 되겠습니까?"

그는 주저하지 않고 그리 하자 했습니다. 자기 그림을 좋아해주는 사람이 있다는 게 행복했는지, 그림을 팔게 되어 좋아서 그랬는지는 모르겠습니다.

"그림을 먼저 가지고 가서 차후에 형편에 맞게 나누어 주십시오."

고마운 일이지요. 하지만 저는 그 제안에 반대했습니다. 그림을 외상으로 들여놓고 그게 빚이라고 생각하며 갚아가는 건 마실 것 없이 찐 계란 먹는 것처럼 빽빽한 일일 것 같았기 때문입니다. 그래서 그림은 값을 다 치르고 난 뒤에 데려가겠노라 하고 계약을 맺었습니다. 그러고 나서 다달이 그림 값을 보냈습니다. 형편이 여의치 않을 땐 건너뛰는 달도 있었습니다. 그렇게 2년이 걸렸습니다. 가끔 그의 작업실에 제 그림을 보러 갔지요. 이런저런 이야기도 많이 나눴습니다. 그때마다 그는 그냥 그림 먼저 가져가라고 채근했습니다. 하지만 끝까지 셈을 치르고 마침내 그림을 데리러 가는 날, 얼마나 설레는지 밤을 그대로 새웠습니다. 그림이 너무 커서 친구의 승합차를 빌려서 데려왔습니다.

저는 연구실에 있으면서 그 그림을 보며 산책도 하고 등반도 하고 바람을 느끼기도 합니다. 그 산은 모든 계절을 다 머금고 있는 묘한 매력을 가지고 있습니다. 학생들도 연구실에 찾아왔다가 그 그림을 보면 깜짝 놀라면서 좋아합니다. 두 해 동안 한 번도 그 그림을 잊어본 적이 없습니다. 그런 그림이 제 방 벽에 걸려 있으니 어찌 행복하지 않겠습니까? 최고의 기술이 집약된 선명한 최신형 벽걸이 TV도 좋지요. 하지만 제겐 미술품들이 주는 행복만은 못합니다. 처음이 어렵지 그 즐거움과 가치를 알게 되면 얼마나 행복한지 실감하게 될 겁니다.

잊었던 꿈의 조각들을 찾아

스콧 니어링이란 이가 살았습니다. 그는 진정한 자유의 의미를 추구하며 살다 간 인물로, 누구나 꿈꾸는, 그러나 아무나 선뜻 나서기 힘든 그런 삶을 산 사람입니다. 무엇보다 그의 반려자가 그의 그런 삶을 잘 이해하고 동참했기에 가능한 삶이었겠지요. 가장 중요한 것은 그가 원하는 삶을 용감하게, 그리고 끈기 있게 밀고 나갔다는 점입니다.

누구나 꿈을 가지고 있습니다. 물론 그 꿈을 실현하고 사는 사람은 극소수에 불과합니다. 그러나 마치 밤하늘의 별을 우리가 딸 수는 없지만 그 별을 좌표 삼아 밤길에 제 방향을 잡아갈 수 있듯이, 꿈은 우리의 삶을 이끄는 등대와 같습니다.

이제 쉰을 바라보는 나이에 꿈을 꾼다는 것이 어쩌면 철없는 치기

일지도 모르겠습니다. 그러나 오히려 이제는 오랫동안 간직해온 그 꿈을 실현할 수 있는 시기가 되지 않았을까 하는 생각이 스멀스멀 다가옵니다.

40대 후반, 참으로 어설픈 나이입니다. 뭐 딱히 근사하게 이뤄놓은 것은 없고, 아직도 해결해야 할 책무와 가장으로서의 의무가 고스란히 어깨를 누르는 압박감은 여전하면서도, 미래의 삶에 대한 아무런 보장도 대비도 제대로 마련되지 않은 삶입니다.

앞으로도 더 가열차게 살아가야 할 날이 많이 남아 있지만, 이제는 어느 정도 위로도 받고 보상도 받아야 할 나이이기도 합니다. 지금까지 그저 앞만 바라보며 열심히 살아왔습니다. 그런데 서서히 지금까지 타고 온 차에서 내려야 한다며 등 떠미는, 받아들이기 어려운 현실이 우리를 안타깝게 합니다.

모두가 나름대로 열심히 최선을 다해 살았습니다. 그러나 이제 서서히 노동할 수 있는 삶의 막바지에서 겨우 남은 모든 정력을 쏟아야 하는 비정한 현실에 직면했습니다. 나는 아니라고 아무리 부인해봐도 단지 정도의 차이일 뿐, 거의 비슷한 것 같습니다.

앞에 말한 니어링도 처음부터 그런 삶을 산 것은 아닙니다. 그도 세파에 흔들리기도 하고 그 맞바람을 헤치기도 하면서 자신의 삶에 대한 희망을 키우고 보듬으며 살았습니다. 그리고 어느 순간 결단을 내려 자신이 진정 원하고 꿈꾸던 그 삶으로 뛰어들었습니다. 모두가 무모하고 미련한 짓이라고 말렸지만, 그는 자신의 꿈을 믿었습니다. 그의 삶을 끝까지 버티게 해주고 실현시킨 것은 바로 그 꿈이었습니다.

우리에겐 모두 꿈을 담뿍 머금고 살았던 학창 시절이 있습니다. 하지만 금세 현실에 적응해 살면서 그 꿈이 그저 허황된 바람이었을 뿐이라고 체념하고 말았습니다. 한 뼘이라도 더 넓은 집과 더 큰 배기량의 차, 승진할 때 누리던 약간의 성취감, 그리고 자라나는 아이들을 보며 드는 만족감에 적당히 만족하고 고마워하며 살았습니다. 아직도 그 바람이 끝나지는 않았을 겁니다. 그거라도 없으면 금세 주저앉을지 모를 허탈한 위기감이 우리를 그렇게 버티게 합니다.

어쩌면 오랫동안 잊고 있었던, 애써 잊으려 했던 그 꿈을 되찾을 때가 바로 지금이 아닐까 하는 생각이 듭니다. 이것이 어리석은 자위일지도 모르겠지만, 아직도 남아 있는 서른 해는 삶의 무게를 어느 정도 벗어던지고 꿈을 실현하며 살 수 있는 때라고 생각합니다.

저도 제 꿈이 진정 무엇이었는지, 무엇이어야 하는지 아직도 잘 모릅니다. 하지만 밤길을 벗어나 환한 대낮의 대로에 들어서도 밤하늘의 북극성은 정직하게 제자리를 지키고 있는 것처럼, 제 꿈도 고스란히 남아 있다고 생각합니다. 그동안 잊고 있었던 제 별자리를 다시 더듬어 밤길에 의연하게 그 길을 걷고 싶습니다.

지금이 잊었던 꿈을 되찾는 가장 좋은 시기라는 생각이 아직도 작은 흥분처럼 제 삶을 적당히 흔들어 줍니다. 즐거운 파도에 행복하게 흔들리는 배처럼, 잊었던 꿈이 다시 저를 행복하게 하고 힘이 솟게 만듭니다.

아버지는 부재중

책장을 정리하다가 한 칸을 가득 메운 사진첩들을 꺼내봅니다. 정리하던 일을 멈추고 아예 거기에 빠져 시간 가는 줄 모릅니다. 이제는 저보다 키가 커서 가끔 제 어깨를 내려다보는 아들녀석이 그 사진에서는 걸음마도 떼지 못하고 엉금엉금 기어다니는 게 도무지 실감나지 않습니다. 언제 이런 때가 있었나 싶을 만큼 낯설어 한참을 들여다봅니다. 나는 늘 제자리에 있는 것 같은데 지금의 아이들과 사진 속의 아이들을 비교해보니 고스란히 그만큼 늙어 있음을 깨닫습니다.

한참 동안 사진을 들추며 옛 추억에 잠겨 있는데, 제가 나온 사진은 거의 없음을 새삼 확인합니다. 늘 사진을 찍는 일만 했지 렌즈 앞에 서 있는 일이 거의 없었기 때문입니다. 사진기 앞에서 어색한 표정과 자세를 잡아야 하는 게 꺼려져서, 그리고 어차피 내 사진이 아니라 아이들 사진을 찍으려고 했던 거라서 그리 되었습니다. 아이들이 학교에 가족사진을 내야 할 경우 어쩔 수 없이 함께 찍은 사진 말고는 예외 없이 저는 부재중입니다. 시간이 지나고 나니 사진을 찍을 걸 하는 후회가 듭니다. 나중에 아이들이 아버지와 함께 찍은 사진이 별로 없어 서운해 하지는 않을까 모르겠습니다. 하기야 그 녀석들이 이 사진첩을 들춰볼 일이 몇 번이나 있겠습니까?

어쩌면 아버지의 자리라는 게 그렇게 빈 의자 같은 공간인지도 모르겠습니다. 가족이 앉기 위해 마련한 자리, 그 자리를 위해 눈가리개를 하고 앞으로만 치달리는 경주마가 되어야 했던 가장의 자리입니다. 아이들 입학과 졸업 기념으로 온 가족이 사진관에서 찍은 사진에서나 겨우 모습이 드러나는 아버지의 자리는 그늘을 만들어주는 느티나무처럼 하나의 배경 같습니다.

하지만 사진을 찍어주는 아버지의 존재를 공기처럼 느끼고 있기 때문에 사진 속의 아이들 모습이 평화롭고 행복합니다. 거기에 생각이 이르자 모든 사진마다 제가 나오지 않은 게 없다는 풍요가 느껴집니다. 어쩌면 모든 사진에 가장 많이 등장한 게 바로 저 자신인지도 모르겠습니다. 언젠가 아이들이 더 크고 제가 늙거나 혹은 이 세상에 없을 때가 되면 사진기 뒤에 있는 아버지의 모습을 볼 수 있을 겁니다. 표정이나 자세가 하나도 드러나 있지 않지만, 그 녀석들은 자신들의 행복한 얼굴에서 그 사진을 찍은 아비의 존재를 느끼게 될 겁니다. 그것만으로도 뿌듯하고 행복합니다.

세상의 아버지들이 어쩌면 저와 비슷한 생각을 가지고 있을지도 모르겠습니다. 비 온 뒤 나무처럼 한 뼘씩 쑥쑥 자라난 자식놈들의 성장이 뿌듯해서 자신의 늙어감은 미처 느끼지 못하는, 그러다가 문득 그들이 자기 머리 위 한 뼘 더 서 있을 때 비로소 섭섭한 감격을 느끼는 아버지들, 별반 다르지 않을 거라 여겨집니다. 가끔 사진 속에서 온 가족과 함께 활짝 웃고 있지만, 젖니 빠진 어린 것 잇몸처럼 흔적으로만 남아 있는 자신의 자리를 바라보며 삶의 덧없음과 신비를 동시에 느끼는 것이 바로 이 땅의 모든 아버지들입니다.

어머니의 자리와는 또 다른 아버지의 자리. 때로는 가족들에게 손님처럼 느껴질 때도 있을 만큼 나름대로 치열하게 살았을 중년의 사내들. 그들에게도 이제 위로와 휴식이 필요합니다. 그러나 잠깐 쉬었다 다시 길을 나서야만 하는 나이입니다.

책장 정리는 내일로 미뤄야 할 모양입니다. 사진첩을 들추며 얻은 흥취를 깨고 싶지 않은 까닭입니다. 올 겨울 큰아들 녀석이 잠깐 들어오면 온 가족이 모여 사진이나 한번 찍어야겠다고 마음먹어 봅니다.

쉰의 문턱에서 닮고 싶은 삶

사람은 제각기 닮고 싶어하는 모델을 나름대로 지니고 삽니다. 그리고 그 모델도 시간이 지남에 따라 변하는 법입니다. 물론 일관되게 한 인물을 가슴에 담고 살 수도 있겠지만요.

마흔대의 나이를 마감할 때가 다가오고 보니 닮고 싶어지는 사람도 바뀝니다. 바람개비처럼 이리저리 펄럭이는 제 변덕 때문인지도 모르겠지만 따르고 싶은 모델이 바뀌는 것이 그다지 부끄러운 일은 아닌 듯싶습니다.

저는 줄리어드의 강효 교수를 닮고 싶습니다. 그가 연주하는 것을 본 적이 있습니다. 미소를 잃지 않는 모습이 정말 인상적이었습니다. 만들어낸 웃음이 아니라 겸손과 감사를 담은 미소라는 것을 알 수 있었기에 오랫동안 잊히지 않았습니다.

자신이 뛰어난 바이올리니스트였지만 가르치는 일을 더 즐거워하고 학생들을 돕는 일이라면 어떤 일도 마다하지 않는 그의 모습이 감동적이었습니다. 미국에서 산 지 벌써 마흔 해가 넘었지만 여전히 영어 어휘 책을 보는 그가 신기했는데, 그의 대답에 뭉클해졌습니다. 제자들을 음악 매니지먼트사에 소개하거나 후원자를 구해줄 때 고급 영어를 쓰면 그 일이 더 잘 이루어질 것 같아서 꾸준히 단어와 숙어를 공부한다는 것이었습니다. 겨자의 매콤함을 넘는 충격이었습니다.

그는 줄리어드의 교수이면서도 맨해튼의 조그만 아파트에서 소박하게 살고 있었습니다. 그의 오디오는 우리나라의 SIS라는 회사에서 만든 진공관 인티앰프였습니다. 그러면서 자기 학생의 연주회를 위해 악기사로부터 5억이 넘는 스트라디바리우스 바이올린을 대여받을 수 있도록 부지런히 애쓰는 그의 모습은 저를 충분히 감동시키고 그 부피만큼 저 자신을 부끄럽게 만들었습니다.

그는 이런 삶의 자세를 스승에게서 배웠다며 겸손하게 말합니다. 그의 줄리어드 스승은 도로시 딜레이라는 분인데, 어느 날 연습도 지겨워하고 향수병에 시달리는 그를 따로 부르더랍니다. 왜 연습하지 않느냐고 야단치기는커녕 음악 말고 좋아하는 것이 있냐고 묻더랍니다. 그래서 그림 그리는 것을 좋아한다고 했더니 주말에 자기 집에 와서 함께 그림을 그리자고 하더랍니다. 그리고 함께 그림 그릴 수 있는 미국인 학생 하나를 소개시켜주며 함께 그녀의 집에서 그림을 그렸다는군요. 자기 제자의 매듭을 억지로 풀려하지 않고 스스로 즐겁게 이겨낼 수 있도록 배려해준 스승에게서 그가 배운 것은 음악

이전에 삶이었을 겁니다.

지금도 세종솔로이스트 재단을 이끌면서 한국계 학생들을 도와주며 틈틈이 그들을 그 좁은 집에 데려다가 밥도 먹이고 함께 연주도 하는 그의 모습은 정말 아름다웠습니다. 그러나 가장 아름다운 모습은 누구에게나 수줍은 듯한 미소를 잃지 않는 것과 진심으로 사랑하고 아끼며 감사하는 삶의 자세였습니다.

다음 여름에도 용평 뮤직캠프에서 그의 연주를 들을 수 있을지 모르겠습니다. 그분을 그리는 건 그의 뛰어난 연주 때문이기도 하지만 그의 미소를 다시 보고 싶기 때문입니다. 서둘거나 채근하지도 않고 느슨하거나 게으르지도 않은 그의 모습은 쉰의 문턱에서 정말 닮고 싶은 삶입니다. 그는 결코 화려한 사람도, 거만한 사람도 아닙니다. 그래서 그를 잘 모르는 사람이 많습니다. 하지만 그를 아는 사람은 한결같이 그의 매력에 흠뻑 빠져듭니다. 카리스마란 건 바로 그런 거라는 생각을 절로 들게 하는 분입니다.

닮고 싶은 사람이 또 언제 어떻게 바뀔지도 모르겠습니다. 하지만 그의 삶을 닮으려고 애쓰다 보면 내 삶이 조금은 거기에 다가설 수 있을 것 같습니다. 그런 기대가 삶의 디딤돌인 것만은 분명합니다. 저는 결코 다른 사람의 모범이 될 수 없지만 제가 모범으로 삼을 사람이 있다는 것만으로도 행복하니까요.

경회루도 좋지만 제겐 마을 옆 느티나무 아래 자그마한 정자가 더 좋습니다. 동네 사람도 나그네도 아무 부담 없이 잠깐 쉬었다 갈 수 있는 곳, 그런 마루가 되고 싶습니다.

젊음에 대한 정의

학교에 있으면 1년이 참 빨리 지나갑니다. 우선 1년은 두 학기로 나뉩니다. 학제상으로야 한 한기가 여섯 달이지만 실제로는 석 달 남짓. 나머지는 방학입니다. 학기 중에는 진도에 맞춰 나가느라 정신이 없습니다. 수업 준비하랴, 수업하랴, 과제물 채점에 논평까지 달아서 되돌려 주다 보면 어느덧 학기말 고사가 코앞에 이릅니다. 채점을 마치고 학점 등록까지 마치면 비로소 한숨 돌립니다. 그럼 반년이 지나간 느낌입니다. 방학이라도 밀린 공부를 해야 하고, 다음 학기 수업 준비하고, 이것저것 쓰다 보면 훅 지나가지만 그래도 남들 보기에는 한가한 휴가처럼 보일 터입니다.

기말고사 채점까지 마치고 조교들과 함께 종강 파티를 했습니다. 즐겁게 저녁식사를 마치고 약속이나 한 듯 노래방에 갔습니다. 언제부터인지 노래방은 회식의 일부일 뿐 아니라 일상사가 되어버린 느낌입니다. 저는 노래방 가는 게 그리 좋지는 않습니다. 한 가지 좋은 점이라면 노래방 덕택에 예전보다 술을 덜 마시는 겁니다. 노래방에 가서 제각각 좋아하는 노래를 목청껏 불러대는데, 사실 평소에 부르던 노래는 뒷전이고 분위기 살리는 노래를 못하면 눈치를 받는 게 세태인지라 빠르고 신나는 노래를 찾아야 하는 것도 고역입니다. 그런 노래는 율동까지 곁들여야 하니 죽을 맛입니다. 그리고 남 노래 부르는 것에 장단을 맞춰야 하는 것도 고역입니다. 신명 나는 게 싫은 건 아니지만 뭔가 남의 옷 입은 기분은 어쩔 수 없습니다.

젊은 친구들은 음이 높고 빠른 노래를 정말 신나게 잘 부릅니다. 흥이 오르면 랩이 가미된 노래들도 앞다투어 나옵니다. 나이 든 축은 따라 부르는 건 고사하고 귀에 들리지도 않습니다. '도대체 이게 무슨 노래야?' 하는 표정으로 멍하게 쳐다보는 이들도 있습니다. 제 귀에도 랩은 잘 들리지 않았습니다. 그런데 요즘은 조금씩 들립니다. 아니 들으려고 노력합니다. 하기야 젊은 친구들도 요즘은 트로트를 간드러지게 잘 부릅니다. 아마 그건 우리나라 사람들의 유전자 속에 담긴 음악적 성향 때문인지도 모르겠습니다.

왜 젊은 친구들은 랩을 부를까요? 왜 나이 든 사람 귀에는 들리지도 않는 걸까요? 랩은 본디 억압받은 흑인들이 주로 불렀습니다. 최초로 부른 사람은 백인이었지만, 그걸 보편화시킨 것은 흑인들이었지요. 엠씨 해머가 이걸 주류 음악으로 끌어들였을 때만 해도 소수의 사람들만 열광했습니다. 그러나 곧 모든 젊은이들이 따라 부르게 된 겁니다. 대개 대중가요는 3~5분가량의 길이를 가지고 있습니다. 거기에 전주, 간주, 후주, 후렴까지 따지면 실제로 가사가 실린 시간은 경우 2, 3분에 불과합니다. 그 짧은 가사에 담을 수 있는 건 시적 표현들이 대부분입니다. 그러니 울분에 찬 젊은이들의 속내를 풀어내기에는 역부족일 겁니다. 그러던 차에 멜로디를 무시한 랩은 그들이 하고 싶은 말을 마음껏 질러낼 수 있는 단비와도 같았을 겁니다.

기성세대는 기존의 음악에 익숙할 뿐 아니라 어떤 울분이나 저항을 느끼지 못하기 때문에 랩에 동감하기가 어렵습니다. 하지만 조금만 마음을 열어두고 들어보면 그 외침들이 들립니다. 게다가 요즘의 랩은 거의 리듬에 맞춰 쓰이고 불리기 때문에 수준도 제법 높습니다.

나이가 들었다고 기존의 세상에 꼭 순치되어 살 까닭은 없습니다. 그들도 예전에는 끓는 피와 뛰는 가슴으로 세상을 향해 용기있게 외쳐대며 살았습니다. 어쩌면 지금 세대들보다 더 치열하게 살았습니다. 새로운 양식을 받아들인다는 것이 쉬운 일은 아닙니다. 그러나 새로운 것을 배우고 익히는 것은 언제나 용기와 희망과 열정을 되살려줍니다. 너무 빠른 템포나 지나치게 높은 음들은 어렵겠지만 우리도 랩을 듣고 따라 부를 수 있어야 하지 않을까요? 단지 젊은이들과 어울리고 싶어서도 아니고 그들과 소통하기 위해서도 아닙니다. 우리에게도 여전히 뜨거운 피가 흐르고 있기 때문이고, 아직도 세상은 변하고 고쳐야 할 것들이 많기 때문입니다.

아직 따라 부르기에는 역부족이지만 제법 귀에 조금씩이나마 들리기 시작하는 랩의 가사가 참 재미있습니다. 들리지 않을 때는 소음

같았지만 들리고 나서는 통쾌한 외침으로 파고듭니다. 기존의 노래가 운문시였다면 젊은이들의 랩은 산문시라고 하겠습니다. 우리가 배운 시조가 정형시조 일색이었다면, 랩은 조선 후기에 나타난 사설시조처럼 민중의 진솔한 노래와도 같을 겁니다.

젊은이란 나이에 따른 것이 아니라 그 질과 태도에 따라 달라지는 것. 어느 영화 대사처럼, 강한 것이 오래 살아남는 것이 아니라 오래 버티는 것이 강한 것이라는 말이 가슴에 짠하게 와닿습니다. 그렇다고 그저 오래만 버틴들 그게 대수는 아니겠지요. 아직은 식지 않은 심장과 모세혈관까지 뜨겁게 휘도는 열정이 있습니다. 중년들이여, 우리도 랩을 부릅시다!

전화번호부에서 이름을 지우는 일

예전에는 해가 바뀌면 새 수첩에 주소를 옮겨 적는 게 일이었습니다. 요즘은 휴대전화에 그대로 입력되어 있어서 그런 수고는 하지 않아도 됩니다. 하지만 이름을 옮겨 적을 때 한 사람 한 사람 기억하던 그 소회를 맛보지 못하는 건 좀 아쉽습니다. 또 예전에는 어지간한 전화번호는 제법 머릿속에 간직하고 있었는데 이제는 열 개 남짓도 외우지 못합니다. 그래서 어쩌다 휴대전화를 놔두고 오는 날에는 마치 바보가 된 듯 어디 전화도 제대로 하지 못하는 낭패를 겪곤 합니다.

올해는 벌써 제 휴대전화에서 두 사람의 번호를 지워야 했습니다. 하나는 대학 동창의 것이고, 하나는 고등학교 시절 미술 선생님의 것이었습니다. 번호를 지우는 것은 그 번호의 주인과 나의 관계를 걷어내는 일이기에 마음이 여간 아픈 게 아닙니다. 그 동창과는 죽기 전

날 제법 긴 통화를 했던 터라 갑작스러운 죽음이 실감나지 않았습니다. 며칠 뒤 전화번호를 지우면서 비로소 그의 죽음을 실감했습니다. 다시는 그에게 전화를 걸 일이 없다는 사실이 남아 있는 저를 허전하게 했습니다.

그러고 얼마 있다가 다시 전화번호를 지워야 할 일이 생겼습니다. 그분은 고등학교 시절 미술 선생님이셨던 조각가 유영교 님입니다. 가끔 그분의 전시회에 들렀지만 차마 인사를 드리지 못하다가 겨우 작년에 전화를 드려서 한번 뵈러 가겠노라 했더니 얼마나 반가워하셨는지. 그때는 그분이 병중이셨던 것을 몰랐습니다. 올 여름방학에는 선생님의 작업장이 있는 대전에 가볼 생각이었는데, 그만 그냥 훌쩍 떠나시고 말았습니다.

그분에 대한 고등학교 동창들의 기억은 그다지 곱지 않은 것으로 압니다. 그분은 우리 고등학교 시절 이미 국전에서 국무총리상도 받는 등 꾸준한 작품 활동으로 명성을 얻었던 분이셨습니다. 학교에서는 이례적으로 그 선생님께 많은 배려를 해서 대학교회 지하에 전용 작업실을 마련해주었는데, 선생님은 미술 시간에도 늘 작업장에 계셨습니다. 그래서 미술 시간만 되면 주번이 선생님께 달려가서 무엇을 할지 여쭤보는 게 일이었습니다. 언젠가 제가 그 역할을 맡았을 때, 선생님은 그저 싱겁게 웃으시며 그러시더군요. "응, 너네들 그리고 싶은 거 그려." 실망이 이만저만한 것이 아니었습니다. 거기까지 갔으면 이것저것 구체적으로, 그리고 교육적으로(?) 지시를 할 것이라 기대했던 것과는 너무나 거리가 먼, 무성의한 답변이라고 생각했기 때문입니다. 그 다음부터 선생님에 대한 미움이 오랫동안 남아 있었던 기억이 지금도 생생합니다.

그런데 어느 날인가 예고도 없이 수업 끝날 때쯤 교실에 나타나시더니 우리가 그린 그림을 보며 일일이 물어보시더군요. "이거 뭐 그린 거니?" 미술 선생님도 없는데 그림을 제대로 그렸을 리가 없지요. 만화도 그리고 낙서도 하고 그저 킬킬거리며 놀고 있었으니까요. 우리는 야단맞을 일만 남았구나 하고 낭패스러웠습니다. 그런데 말도 되지 않는 우리의 변명에 가까운 설명을 들으시고는 맑게 웃으시며 이렇게 말씀하셨습니다. "미술이란 건 말이다. 마음속에 있는 너희들의 느낌과 생각을 선과 색 등을 이용해 조형적으로 표현하는 거야. 미술책에 있는 그림 보고 주눅들 거 하나도 없어. 너네들 내키는 대로 그려." 뭐 저런 선생이 다 있냐며 역시 무성의의 극치라고 속으로 혀를 끌끌 찼습니다. 그런데 시간이 갈수록 그 말이 와닿더군요.

지금 생각해도 그 선생님은 그렇게 훌륭한 미술 선생님은 아니었던 것 같습니다. 그러나 작가로서 고민하고 우리에게 미술에 대한 직관을 깨닫고 느끼게 해주신 것만은 축복이었다고 생각합니다. 가을에 덕수궁에서 국전이 열릴 때마다 우리를 모두 데리고 가시면 우리는 속으로 자기 작품 자랑하려고 그런다며 입을 삐죽이기도 했지만 덕분에 미술에 대한 안목을 높일 수 있었고, 덕수궁에서 가을을 만끽하는 즐거움에 신났던 기억도 있습니다.

서른 넘어서 1년에 한 작품씩 미술품을 모으면서 언젠가 선생님의 작품을 꼭 갖고 싶었습니다. 그런데 그때는 이탈리아에 가 계셨을 때라서 뵙지 못하다가 막상 돌아오셔서 전업 작가로 활동하셨을 때는 제 형편으로 수집할 엄두를 내지는 못하고 그냥 전시회에서 작품만 배부르게 감상하고 와야 했습니다. 그러다가 엊그제 조간신문 부고란에서 선생님의 사진을 봤을 때 얼마나 허탈했는지 모릅니다.

그분의 교사생활이 짧았던 것으로 미루어 보아 어쩌면 그리 많은 제자가 찾아갔을 것 같지는 않습니다. 그래서 제 전화에 그리 반가워하셨는지도 모르겠습니다. 아마 제가 뵈러 갔다면 옛날이야기하며, “내가 그때 그랬니?”하며 즐거워하셨을지 모르겠다는 생각을 하니 죄송스럽기만 합니다. 저는 그 선생님의 작품이 참 좋습니다. 화려하지 않으면서도 대리석으로 그렇게 질박한 표현을 한 작품은 흔치 않습니다. 우리 고등학교 시절에는 그분의 작품이 화려했다고 기억했는데, 중년의 그분 작품은 너그러우면서도 단단하게 삶의 관조를 담고 있었습니다.

선생님의 전화번호를 지우며, 언젠가 꼭 그분의 작품 하나를 구입하겠다는 생각을 다시 했습니다. 그러면 약속을 서로 지키지 못하고 가신 선생님께서도 흐뭇해하실 것 같습니다. 저도 그렇게 만나는 것이 어쩌면 선생님과 오랫동안 만날 수 있는 기회가 될 거라 기대합니다.

이제는 더 이상 전화번호부에서 이름과 번호를 지우는 일이 없었으면 좋겠습니다. 1년에 한 번 제대로 통화하는 일 없어도 그저 번호만으로라도 서로에게 남아 있을 수 있었으면 좋겠습니다.

자유로운 질주의 꿈

재미있는 신문 기사 하나를 읽었습니다. 몽골의 초원에 말 대신 오토바이가 달리고 있다는 기사였습니다. 다루기 쉽고 오래 달려도 지치지 않는 오토바이가 말을 대신하기 시작했다고 합니다. 전통적인 몽골 목부의 복장에 현대식 오토바이가 낯설고 신기하지만 그 사람들의 삶의 방식이 바뀌고 있는 것만은 분명한 모양입니다.

운전을 하다 보면 오토바이들이 여간 신경 쓰이는 게 아닙니다. 사각지대에서 불쑥 튀어나와 깜짝 놀라게 하는 건 다반사고 자동차의 속도 개념과는 달라서 예측하기도 어렵습니다. 게다가 젊은이들 가운데 오토바이를 잘못 배운 녀석들은 앞바퀴를 번쩍 쳐들기도 하고 멋을 부리느라 그러는지 불법 개조해서 불쑥 치솟은 뒷자리에 일행 두세 명까지 태워 아찔한 상황을 연출합니다. 유도등을 흔들어대며 무법천지를 만드는 폭주족은 거리를 아수라장으로 만들기도 하고요.

대학원 시절 1년 동안 오토바이를 타고 다닌 적이 있습니다. 교통비도 적게 들고 어디든 다닐 수 있으며 무엇보다 교통 체증 걱정할 일이 없어 매력적이었습니다. 특히 바람을 그대로 안고 달리는 그 질주감은 일종의 행복한 쾌감이었습니다. 그리고 오토바이 특유의 엔진 소리는 소음이 아니라 심장 소리와도 같은 생동감 주는 에너지로 느껴졌습니다. 어느 날 아침 그 애마가 도난당한 것을 알았을 때 얼마나 마음 아팠는지 모릅니다. 그런데 다른 이들은 차라리 잘되었다면서 다시는 오토바이 타지 말라고 책망하더군요.

하기야 오토바이 사고는 자칫 치명적이기 때문에 그런 걱정도 무리는 아닐 겁니다. 하여튼 그날 이후 다시는 오토바이를 타지 못했습니다. 그러나 마음속에서는 그 자유로운 질주에 대한 꿈이 고스란히 살아 있었습니다. 언젠가는 할리 데이비슨 같은 멋진 오토바이를 타고 달리는 꿈을 버리지 못하고 있습니다.

자동차는 정해진 넓은 길만 다닐 수 있지만 오토바이는 바퀴만 닿을 수 있으면, 혹은 그렇지 않은 극한 상황에서도 달릴 수 있습니다. 바닷가 도로를 여유 있게 달려보는 건 상상만 해도 즐겁습니다. 사람들이 과격하게 운전만 하지 않는다면 사실 나이 들어 오토바이를 모는 것도 좋을 겁니다. 어느 정도 일과 책임에서 벗어나 시간의 여유를 가질 수 있는 나이에 대여섯이 줄을 지어 주행을 하는 건 어린 폭주족들의 치기나 만행과는 그 격이 본질적으로 다릅니다.

미국에 있는 친구가 스포츠카를 사더니 아내보다 더 좋더라며 우리와는 달리 미국에서는 나이든 사람들이 스포츠카 몰고 다니는 게 전혀 어색하지 않다고 하더군요. 비싼 자동차는 살 여유가 되는 나이가 되어서야 몰 수 있을 것이니 그 말이 이해가 됩니다. 그리고 젊은 날의 노고를 보상받는 기분, 그 나이에서야 누릴 수 있는 아량과 여유 또한 제법 되겠지요. 좋은 오토바이는 어지간한 자동차보다 훨씬 더 비쌉니다. 그리고 오토바이는 전적으로 자신만을 위한 것이기 때문에 가족 모두를 위한 자동차와는 별도의 여유가 있어야 합니다. 그래서 정작 좋은 오토바이를 타는 사람들은 제법 나이들이 지긋합니다.

마음 맞는 친구들과 함께 바람을 가르며 유유하게 달리는 꿈은 여전히 제 어깨를 들썩이게 합니다. 체 게바라의 젊은 시절을 그린 영화 〈모터사이클 다이어리〉는 오랫동안 감춰두었던 꿈을 간지럽혔습니다. 체 게바라처럼 자유롭게 바람이 되어 달리고 싶습니다. 몽골 초원에서 그 목부들과 함께 칭기즈 칸이 달렸던 그 언덕을 달리고 싶습니다. 그런데 제 자식놈들이 따라할까 걱정이 앞서는 건 아비로서의 노파심인지 소심함인지 모르겠습니다.

혼자 떠나는 여행

많은 사람들이 해외여행을 떠납니다. 짐을 꾸리며 챙기는 건 물건이 아니라 행복감입니다. 상상만 해도 즐겁고 모든 사람에게 너그러워질 것만 같은 미소가 저절로 떠오릅니다. 프랑스 사람들은 한 달의 휴가를 즐기기 위해 한 해의 노동을 견딘다지요? 복 받은 사람들입니다. 언젠가 우리 후대 사람들은 그런 축복을 누릴 때가 오겠지요. 그럴 때가 오도록 하기 위해서라도 지금 우리는 열심히 살아가야 합니다.

흔히 여행을 하기 위해서는 최소한 세 가지가 동시에 갖춰져야 한다고들 합니다. 돈과 시간, 그리고 건강입니다. 그 가운데 어느 하나가 빠져도 여행은 어려운 일이 됩니다. 하지만 이 세 가지를 한꺼번에 손에 쥐는 것이 그리 녹록한 일만은 아닙니다. 이 셋이 갖춰졌다면 한두 가지 덧붙일 수 있겠지요. 하나는 지식(혹은 언어)이고 다른 하나는 식성입니다. 가는 곳에 대해 아무것도 알지 못하고, 노력도 하지 않는다면 그건 수박 겉 핥기일 뿐입니다. 이것저것 가리지 않고 새로운 음식을 기꺼이 시도하려는 식성 또한 빼놓을 수 없습니다. 혼자 떠나는 여행이 아니라면 함께 가는 이들도 중요하겠지요.

안타깝게도 명승지나 유적지를 순례하거나 환락가를 섭렵하는 것이 아직도 우리 여행의 중심인 것 같습니다. 거대하고 화려한 유적과 명승이 놓치기 아까운 즐거움인 것만은 틀림없습니다. 늘 사진으로만 보던 그것들을 눈앞에서 지켜보는 감동이 어찌 사소하다 할 수 있겠습니까? 그 앞에서 행복을 감추지 않으며 사진을 찍습니다. 어쩌면 그 사진을 찍으러 그곳에 간 사람들처럼.

아이들이 초등학교 다닐 때 여행을 위해 따로 저축했던 적이 있습니다. 큰녀석 졸업할 때쯤 온 가족이 유럽을 여행하고 싶었습니다. 기차도 타고 버스도 타고 가끔 자동차도 빌려 타면서 여기저기 기웃거리고 싶었습니다. 로마에서 베네치아에 갈 때는 저와 큰아이 따로 아내와 작은아이 따로 떠나서 그곳에서 다시 만나고, 마르세유에서 엑상프로방스에 갈 때는 바꿔서, 혹은 부부와 아이들 따로 떠나보면 어떨까 생각했습니다. 틈만 나면 지도를 펴들고 이 책 저 책 들춰보며 정보도 챙기고 할 일도 찾아보았습니다. 하지만 바로 직전에 아내가 병을 얻어 모든 계획은 무산되었습니다. 지금도 아이들에게는 그게 참 미안한 빚으로 남아 있습니다.

한 10년쯤 뒤에 혼자서 그 여정으로 꼭 여행을 떠날 생각입니다.

그러나 가능하면 사진에서 봤던 명승지와 유적은 피해서 가고 싶습니다. 정말 보고 싶고 만나고 싶은 건 지금 거기에 살고 있는 사람들과 삶입니다. 파리의 에펠탑이나 개선문보다는 보르도의 포도밭에 가고 싶고, 런던 브리지나 버킹엄 궁보다는 스코틀랜드의 초원에서 한가롭게 산책하고 싶습니다. 저는 삐딱한 옹이가 박혀서 그런지 필요 이상으로 화려하고 거대한 구조물들을 보면 감탄보다는 울화가 치밉니다. 권력자의 탐욕과 위업과 과시를 위해 당시의 수많은 보통 사람들이 겪었을 고통이 먼저 떠오르기 때문입니다.

요즘은 대학생들도 방학만 되면 해외로 배낭여행을 떠납니다. 저의 대학 시절에는 꿈도 꾸지 못했던 일입니다. 프랑수와 모리아크의 말처럼, 여행은 단순한 공간의 이동과 전환이 아니라 사고와 영혼의 전환입니다. 젊은이들이 다른 나라에 가서 이것저것 보고 느끼는 것은 아주 유익한 일입니다. 그런데 젊은이들조차 대도시와 유적지를 중심으로 여행을 하는 것 같아서 안타깝습니다. 그래서 그들에게 말합니다. 그곳에서 또래의 젊은이들을 만나고 오라고. 예를 들어 마드리드에 갈 예정이면 미리 인터넷 등을 통해 자신의 목적과 일정을 알려서 스페인 대학생을 만나고 싶다고 하는 거죠. 자기가 정말 만나고 싶은 건 이국의 풍광이 아니라 같은 시대를 사는 같은 젊은이라고. 운이 좋아 연결이 되면 그와 함께 짧은 일정이지만 함께 뒷골목의 펍에도 들러 보고, 그가 다니는 대학교도 방문할 수 있겠지요. 그들은 어떻게 사는지 어떻게 공부하는지 보는 것도 유익할 겁니다. 만약 그가 한국을 방문하면 같은 방식으로 보답할 수 있겠지요. 사진을 얻고 오는 여행이 아니라 사람을 얻고 오는 여행이 젊은 대학생들에게는 가장 멋지고 알찬 여행일 겁니다. 돌아와서는 1년에 한 번씩 카드라도 보내며 인연의 끈을 이어가면 더욱 좋겠지요.

여행은 단순하게 일상을 벗어나는 기쁨에만 그치는 것이 아니라 새로운 것을 보고 배우고, 무엇보다 새로운 자신을 만나고 오는 소중한 여정입니다. 아, 지금 꿈틀꿈틀 오래 묵은 저의 욕망이 잠을 깨고 고개를 듭니다. 지금은 그럴 형편이 아닌데 곤혹스럽네요. 하지만 막는다고 막아지는 것은 어차피 아니기에 그저 열병처럼 상상으로 맛보는 쾌락을 만끽하렵니다. 언젠가 이른 아침 스코틀랜드 들판에서 한가롭게 거닐 수 있기 위해서 지금부터 꼼꼼하게 챙겨야 하겠습니다. 돈과 건강과 시간을. 찬란한 비상, 그 짜릿한 잠적을 위해.

진정한 권위에 대하여

'복숭아와 오얏은 말이 없지만 그 아래로 저절로 길이 난다(桃李不言下自成蹊)'라는 말이 있습니다. 사마천이 쓴 《사기》의 〈장군 이광〉 편에 나오는 인용문입니다. 한(漢)나라의 명장 이광은 전략과 전술 면에서도 뛰어났지만 군사들의 사기를 돋우기 위해 부하들과 거친 음식을 함께 먹었고 사막을 헤매다가 물을 얻었을 때 자신보다 병사들에게 먼저 마시게 함으로써 그들이 충성을 다짐하게 만든 사람입니다. 모함에 빠져 취조관이 심문하러 오자 장수가 일개 도필리(刀筆吏: 문서를 담당하는 말단 관리)에게 취조를 받을 수는 없다며 스스로 목을 찔러 자결한 비운의 장수이기도 합니다.

그 몸이 올바르면 명령을 내리지 않아도 행해지고, 바르지 못하면 명령을 내려도 따르지 않는다는 옛말이 고스란히 들어맞는 사람 가운데 하나가 바로 이광입니다. 그가 죽던 날 그를 모르는 사람조차 모두 애도했다고 합니다. 복숭아와 오얏은 말이 없지만 탐스런 열매를 맺기 때문에 사람들이 찾아와 저절로 길이 납니다. 사람도 그와 다르지 않을 것입니다.

권위라는 건 요구하거나 거친 힘을 내세워 얻어내는 것이 아니라 그의 사람됨에 감동한 이들이 저절로 머리 숙여 모여들게 하는 힘입니다. 그것은 딱딱한 권세나 막강한 재력이 아니라 부드럽지만 어긋나지 않는 인격에서 비롯되는 것이지요.

아버지의 권위가 땅에 떨어졌다고, 스승의 권위가 짓뭉개졌다고 한탄합니다. 그러나 곰곰 생각해보면 지금까지 우리가 품고 따랐던 권위란 것이 사실은 지위의 높고 낮음이나 나이의 많고 적음에 따른 것이 아니었나 하는 반성이 생깁니다. 남보다 더 높은 자리에 있다고, 나이가 많다고 윽박지르고 어떤 경우에는 경험과 지식이 많다고 얕보는 것을 권위라고 착각하지는 않았는지 모르겠습니다. 저 자신도 아이들로 하여금 단지 아버지라는 사실 때문에 마음으로 용납되지 않는데 억지로 따르게 한 적이 한두 번이 아닌 것 같습니다. 때로 아이들이 올바른 반론을 조목조목 들어 따지면 아비의 권위가 손상되었다고 펄펄 뛰며 윽박지른 적이 많습니다.

하지만 제가 솔선해서 모범을 세우고 배려하며 존중해주면 따로 지시를 하지 않아도 제 일을 스스로 하고 아버지로서 존경합니다. 학생들의 경우도 마찬가지인 것 같습니다. 조금 더 먼저 알고 있다는 이유로, 그리고 그들을 가르치고 있는 입장이라는 이유 하나만으로 귀를 닫고 자신의 권위를 강요하는 경우가 적다 하지 못할 겁니다. 정말 마음을 열고 다가서서 그들의 이야기를 들어주고 고충을 함께 고민하면 면담 시간 이외에도 찾아와서 귀찮을 정도로 따릅니다. 그런 경우 수업의 밀도도 높아져서 강의 효과도 아주 높아집니다.

벗에게도 마찬가지입니다. 뭔가를 재고 따지지 않고 마음으로 그를 존중하고 문을 열어 기다리면 굳이 설명하거나 변명하지 않아도 시간이 지나면 저절로 그 값을 알게 되어 마음을 함께 여는 친구가 됩니다. 내 입장만 고수하지 않고 상대의 입장에서 바꿔 생각해보면, 그리고 초발심을 버리지 않으면 언젠가 그 가치를 반드시 알게 되는 게 세상살이인 것 같습니다. 그건 사랑 또한 예외가 아닐 겁니다.

과연 내 나무에는 어떤 열매를 맺을까, 나를 찾는 이에게 무엇을 줄 것인가를 늘 새기며 더 큰 나무, 더 좋은 열매를 맺는 나무가 되는 것이 참 소중한 세상입니다. 그 길은 내가 만드는 것이 아니라 내 열매가 만들어내는 길입니다. 나는 어떤 나무인가? 새삼 곱씹어보게 만드는 인생의 길잡이 책《사기》는 정말 소중한 보물입니다. 그 책이 이미 위대한 열매이기에 저절로 사람들이 그 책에 모이는 것이니, 좋은 책이야말로 저절로 길을 내는 선물이 아닐 수 없습니다. 그런 책처럼 살고 싶습니다. 복숭아나 오얏은 되지 못해도 그저 넉넉하고 너그러운 그늘이라도 내줄 수 있는 나무가 되고 싶습니다.

음력과 양력의 조화로 살아가기

요즘 우리는 절기를 잊고 살아가곤 합니다. 하기야 과일이건 야채건 제철이 따로 없는 데다가, 여름이면 냉방으로 겨울이면 난방으로 바깥 온도를 온몸으로 고스란히 느끼기도 어려우니 절기를 속속들이 알지 못하고 사는 것이 어쩌면 당연한 일인지도 모르겠습니다. 그저 장마나 폭설처럼 어찌 할 수 없는 거대한 자연 현상만 느끼고 살 뿐입니다.

우리가 사용하는 달력은 태양의 움직임을 따라 정해진 태양력입니다. 그저 며칠이 흘렀는지, 며칠이 남았는지만 수리적으로 따지고 챙길 뿐입니다. 태양력은 1년의 길이를 재는 데에는 정밀성이 있을지 모르지만, 자연의 흐름을 미리 알고 느끼는 데에는 거의 아무런 도움도 주지 않습니다. 그러나 달의 움직임에 따라 정해진 음력은 그와는 반대입니다.

고대 이집트 사람들은 나일강이 범람하기 전에 한 해 농사를 수확해야 하는 절박한 상황에서 발만 동동 굴렀다고 합니다. 무턱대고 너무 일찍 익지도 않은 알곡들을 거둬들이면 수확량을 줄이는 셈이 되니 그럴 수도 없는 노릇이었다지요. 그러다가 나일강이 범람할 때면 해 뜨기 직전에 동쪽 하늘 위로 시리우스가 떠오르는 것을 알게 되었습니다. 이 별의 출몰 주기를 관찰함으로써 1년의 길이가 365일임을 알게 되었다고 합니다. 그때가 대략 기원전 5세기쯤입니다.

24절기도 태양력을 따르지요. 농사 지을 시기를 제대로 가늠하기 위해서 선조들이 도입한 방식입니다. 지금 우리도 그것을 따릅니다. 며칠 전은 하루 해가 가장 오래 비춘다는 하지였습니다. 이제 하지가 지났으니 하루에 대략 1분씩 낮은 짧아지고 그만큼 밤은 길어지겠지요. 그러나 닷새가 지난 지금 저는 무딘 감각으로 그 변화를 전혀 느끼지 못합니다. 하지만 한 달이 지나면 해는 지금보다 30분가량 일찍 지게 되겠지요. 그때쯤 돼서야 비로소 낮이 짧아지고 있다는 것을 알게 될 겁니다. 벌써 쉰 해 가까이 겪었으면서도 매번 그렇게 지나고 나서야 깨닫습니다.

저녁에 달을 보면 보름이니 그믐이니 가늠하긴 하지만 일상은 대부분 양력에 따라 삽니다. 저의 삶도 오로지 태양력으로만 측정되는 직선으로서의 삶이 아니었나 생각해봅니다. 삶의 굽이마다 뜨고 지는 달과 별, 그 아련하고 따뜻한 사건들에서 눈을 돌린 채로 그저 앞만 보고 달려가는 한살이였지 싶습니다. 늦은 밤 텅 빈 거리를 외로

이 낡고 있는 가로등 위로 너그럽게 드리운 달을 보고도 아무런 감흥도 설렘도 없이 무디고 딱딱하게 살아왔다는 부끄러움과 아쉬움이 남습니다.

창호지 너머로 들리는 빗줄기의 그 시원하면서도 부드러운 소리를 허공 속에 붕 떠 있는 네모난 아파트에서는 이제 들을 수가 없습니다. 그렇게 제 맘의 창호문도 어느덧 무미한 페어글래스로 바뀌었습니다. 비록 늦기는 했지만 제 마음 안에 창호문을 따로 하나 덧달아두기도 하고 작은 텃밭이라도 만들어 씨를 뿌려볼 참입니다. 어린것 손처럼 함초롬 예쁜 싹이 나면 이 사람 저 사람에게 나누어주기도 하면서 말이죠. 너무 늦게 깨닫게 된 삶의 여백입니다. 그러나 이제라도 그 돌아봄이 반갑고 고맙습니다.

세상 사는 것이 그저 태양력 따라 발바닥에 물집 잡히도록 달려가는 것이라면, 이제 음력도 하나 걸어두고 밤 따라 낮 따라 조금씩 달라지는 절기를 느끼면서 살기도 해야겠습니다. 곡선의 삶도 한 켠에 마련하며 살 수 있도록 스스로를 채근할 생각입니다. 남은 삶까지 그대로 이렇게 마냥 헐떡이며 달리기만 할 수는 없기 때문입니다.

조금은 더 너그러워지고 따뜻한 심장을 되찾으면서 살아야겠습니다. 나이가 들어도 관대하지 못한 것은 제 나이를 쌓아가는 것이 아니라 갉아먹었기 때문이라지요. 이제는 더 이상 갉아먹지 않고 넉넉히 천천히 쌓아가며 살고 싶습니다. 푸르뫼(靑山)는 계곡 물 우당탕 시끄럽게 앞을 다퉈도 그저 빙그레 웃기만 하지요. 혼자 걷는 저 산이 외롭지 않은 것은 바람이며 별이며 달이 찾아오기 때문일 겁니다.

재즈처럼 산다는 것

물은 그냥 얼리면 딱딱한 얼음이 됩니다. 그런데 거기에 거품을 일으켜 공기를 섞으면 보드랍게 부푼 아이스크림이 됩니다. 어쩌면 모든 게 다 그런지도 모르겠습니다. 너무 꽉 채워 질식하기보다는 약간은 느슨하게 여유를 갖는 것이 좋습니다. 숲의 나무들도 처음에는 어깨를 부비며 자신의 터를 잡느라 애쓰지만 어느 정도 자라 공중에서 키 높이 경쟁을 하게 되면 서로 적당히 공간을 마련하여 그쪽으로 제 가지를 내밀지 않는 지혜를 발휘합니다.

사람 사는 것도 마찬가지인 것 같습니다. 좀 모자라면 어떻습니까? 아니 약간 모자란 듯한 게 더 좋지 않습니까? 늘 승리를 갈망하는 치열함도 좋지만 상대에게도 자신에게도 가끔은 너그러워지는 게 좋습니다.

처음에 집을 장만했을 때에는 무엇으로든 가득 채우는 것이 즐거움이었습니다. 그래서 항상 밖에서 마음에 드는 것을 만나면 그걸 데려다가 남은 빈 곳을 채우고 싶어서 안달이었습니다. 하지만 나이가 들면서 공간을 채우는 것보다 비우는 것이 훨씬 더 아름답다는 것을 알게 되었습니다. 정신도 감정도 약간의 여백으로 비워두는 법을 깨닫게 되는 데에 거의 마흔 해가 걸렸던 것 같습니다. 물론 젊었을 때의 그 치열함과 얼음 같은 견고함은 그 시간 나름의 아름다움이지만 지금은 다른 지혜를 얻게 되었습니다. 분명 고마운 일입니다.

그런 점에서 재즈의 참맛을 알려면 적어도 서른 중턱은 넘어서야 한다는 생각이 듭니다. 재즈는 자유와 화합 그리고 즉흥성으로 엮인 음악입니다. 음악은 대위법과 화성악을 뛰어넘을 때 완성된다는 말을 들은 적이 있습니다. 연주하는 사람에 따라서, 그 상황과 분위기에 따라서, 그리고 듣는 사람에 따라서 각기 다르지만 어떤 일정한 곡의 해석을 유지하는, 엄숙함이나 정격성을 굳이 따르지 않으면서도 천박하거나 퍼질러지지 않는 견고함과 내공을 담고 있는 음악이 바로 재즈입니다. 그런 점에서 삶을 조금이나마 관조할 수 있을 때 재즈를 이해할 수 있다고 하는 모양입니다. 그래서 음악 교수인 제 친구는 세상에서 최고의 음악이 바로 재즈라고 자신 있게 말하는지도 모르겠습니다. 마흔을 넘기고서야 재즈의 매력을 발견한 걸 보면 중년과 재즈는 여유와 여백이라는 점에서 상통하기 때문인 것 같습니다.

쉼표와 숨표는 악보의 중요한 구성 요소입니다. 그것은 소리의 부재가 아니라 제 소리를 제대로 내기 위한 여백입니다. 그 여백이 없다면 연주하는 이나 듣는 이 모두에게 음악이 견딜 수 없는 고통일 것입니다. 학창 시절 서오릉에 소풍 갔을 때였나, 음악 선생님이 산책하던 중 불쑥 물으시던 그 질문이 생각납니다. "저 나무들은 몇 도 화성이냐?" 황당해서 할 말이 없었습니다. 다른 이도 아니고 어떻게 음악 선생님이 그렇게 무모한 물음을 던질 수 있습니까? 저희들이 우물쭈물 입을 열지 못하자 이렇게 말씀하셨습니다. "악보에만 음악이 있다고 믿는 편협성을 버리지 않는 한 절대로 음악을 제대로 들을 수도 만들 수도 없는 거야. 자신의 삶을, 자신이 사는 세상을 보고 듣지 못하면 음악도 없는 거지." 그땐 그 말씀이 그저 선문답이나 농담쯤으로만 들렸습니다. 이제는 그 말씀의 속내를 알 것 같습니다. 그러고 보니 제 아이가 이미 그 선생님의 나이와 겹쳐 있습니다.

장르와 악기를 가리지 않고 어떤 음악과도 어울릴 수 있는 재즈는 먼저 이끄는 음악이라기보다는 상대의 주제를 받아서 그 틀에서 벗어나지 않으면서 언제나 자유롭게 다른 곳으로 넘나들며 받쳐주는 음악입니다. 재즈는 단순한 변주가 아니라 새로운 변용(變容)의 품성을 담고 있습니다. 얼음만큼 단단하고 치밀하지 않지만 아이스크림의 달콤함과 부드러움을 만들어내는 거품이 때론 필요하듯, 담백한 관능과 화려한 절제가 어우러진 재즈의 여유와 관용이 가슴 깊이 와 닿습니다. 저도 그런 삶을 발휘할 나이가 된 것 같습니다. 나이답게 산다는 것, 즐겁고 행복한 일입니다.

달콤소박한 달관

노안이 찾아온 설움으로 넋두리를 좀 했더니 친구가 따끔하게 이릅니다. 노안이란, 나이가 들면 눈앞에 있는 작은 것만 보지 말고 멀리 더 크게 보라는 자연의 가르침이라고. 정문일침(頂門一鍼)이요, 촌철살인(寸鐵殺人)이 아닐 수 없습니다. 저는 서러워하고 있는데, 벗은 달관하고 있던 것이지요.

젊은 사람이 매사를 너그럽고 부드럽게 본다는 것은 쉽지 않을 뿐 아니라 보기에도 좋지 않은 것 같습니다. 뜨거운 열정과 꺾이지 않는 의지, 그리고 지칠 줄 모르는 활력이 젊은이의 몫이겠지요. 우리도 그런 시절을 살았습니다. 어떤 때는 너무 빨리 달려서 주위의 것들을 고샅고샅 살피지 못한 적이 못했고, 때로는 내 주장과 열정이 너무 강해 상대를 인정하지 않거나 나를 강요한 적도 많습니다. 그렇지만 그 역시 정말 소중한 가치들입니다. 그런 열정과 의지와 활력이 있었기에 암울했던 시대에 불의와 독재에 맞서 싸워 여기까지 올 수 있었습니다.

젊을 때는 신동이니 천재니, 혹은 비범한 사람의 요절에 마음이 사로잡힌 적이 많습니다. 그들의 천재성에 제 삶이 더욱 초라해지는 것 같기도 했지만, 그들은 제 삶의 열정과 목표가 되어준 달콤하고 아름다운 별이었습니다. 이렇게 나이를 들고 보니, 그들을 조금이나마 성긴 시선으로 바라볼 수 있게 됩니다. 더불어 그들에게만 고정돼 있던 시선을 이제 나에게로까지 뻗을 수 있게 됩니다. 누군가에게는 소소해 보일지 모르지만 그게 다 제 삶이고 더불어 함께 사는 고마움이라는 것을 깨닫는 데 이렇게나 많은 시간이 걸리는지 모르고 지냈습니다.

생텍쥐페리의《어린왕자》에 이런 멋진 대사가 나옵니다.

"별들이 아름다운 건 눈에 보이지 않는 꽃 한 송이 때문이고, 사막이 아름다운 건 그곳 어딘가에 우물을 감추고 있기 때문이야."

생텍쥐페리는 그저 관념으로, 상상으로 이런 말을 지어낸 것이 아닙니다. 그의 삶이 그를 이런 생각으로 이끌었을 것입니다. 비행기에 우편물을 가득 싣고 깜깜한 밤하늘을 갈랐던 중년의 남자. 그의 달관은 일상에서 벗어나 있거나 혹은 시간의 궤적을 더듬어본 사람에게만 눈에 띄는 보석일 겁니다.

활주로에 세워놓은 비행기를 바라보며 커피 한 잔의 여유를 즐겼던 생텍쥐페리는 그 짧은 휴식에서 간밤의 야간비행이나 사막 위를 날던 고독, 바다 위를 높이 날며 느꼈던 무한한 자유를 떠올렸을지 모릅니다. 그건 경험한 사람만이 느끼는 일종의 특권이자 자산이었을 겁니다. 아무리 상상 속에서 그려봐도 내밀한 그 느낌을 풀어내지는 못할 겁니다. 다시 비행기에 올라야 한다는 기대와 불안이 그 짧은 커피 브레이크를 지상 최고이자 최후의 여유로 만들었을 것이고 그대로 그의 글에 녹아 들었을 것입니다. 그런 생각에 다다르자 비로소 그의 글이 주는 감동을 맛볼 수 있게 됩니다.

지금까지 살면서 눈에 보이는 것만 쫓아다니며 숨가빠한 것이 얼마나 부지기수인지 모릅니다. 그래서 잠깐 숨 고를 여유를 갖게 되었을 때 지난 시간이 얼마나 무미하고 건조했던가 부끄러웠던 적이 많았습니다. 이제《야간비행》의 생텍쥐페리와 비슷한 나이가 되어, 지난 시간이 무의미한 것이 아니라 그것들이 쌓여서 비로소 눈에 보이지 않는 것들의 의미를 깨닫게 되었다는 걸 압니다.

젊었던 시절의 열정과 분투는 많이 사라졌습니다. 아니, 사라진 것이 아니라 다른 모습, 다른 색깔로 바뀌었습니다.《야간비행》의 참맛을 알고 나서야《어린왕자》가 제대로 보이는 것은 바로 그 때문일 겁니다. 지나온 삶에는 성취와 승리의 환희도 있었고, 무모함과 좌절도 많았습니다. 그러나 이제는 그 모든 순간의 흔적들이 모두 새롭고 고맙고 소중합니다. 그저 회상이나 감상이 아니라 소박한 감사입니다.

《어린왕자》로 이 글을 닫는 것도 어울릴 것 같습니다.

"가장 중요한 것은 눈으로 볼 수가 없어, 마음으로 찾아야 보이지."

이제 겨우 한 가지 공부가 끝났을 뿐

어제 계절학기 종강 수업 시간에 〈갈매기의 꿈〉을 보았습니다. 3주에 걸쳐 날마다 이어지는 수업이 힘들기는 하지만 일주일에 한 번씩 수업할 때보다 집중력도 높고 학생들의 자발성도 좋아서 수업하는 재미가 쏠쏠했습니다. 다행히 열아홉 명만 듣는 수업이라 절대평가를 할 수 있어서 학점에 대한 스트레스 없이 마음껏 하고 싶은 대로 수업을 진행했습니다. 패널 발표와 토론, 모의 배심제 등 다양한 프로그램을 소화할 수 있어 좋았습니다. 게다가 학생들에게는 다른 과목에 대한 부담이 없는 학기이니만큼 과제를 실컷 내주는 횡포도 부릴 수 있었습니다.

어제 본 〈갈매기의 꿈〉은 〈매트릭스〉와 비교하기 위해 선택한 영화였는데, 내심 불안함을 감출 수 없었습니다. 사람은 안 나오고(딱

한 번 나오는데 그것도 뒷모습만 잠깐 스쳐지날 뿐입니다) 도대체 구분도 되지 않는 갈매기들만 두 시간 내내 나오는 영화를 학생들이 끝까지 볼 수 있을까? 나는 질질 짜면서 몇 번을 반복해서 보던 〈러브스토리〉조차도 지겹고 따분하다면 중간에 꺼버리는 녀석들인데 말이죠. 그런데 우려와는 달리 학생들이 제법 진지하게 영화를 끝까지 보았습니다. 나중에는 이런 영화가 지금도 만들어지고 상영되어야 한다며 좋은 영화를 볼 수 있어 기뻤다는 말까지 하더군요. 속으로 얼마나 가슴을 쓸어내렸는지 모릅니다.

중학교 때 리처드 바크의 원작 소설을 보고 제법 감명을 받았고 고등학교 때 허리우드 극장에서 개봉하던 당일 날 보았던 기억이 지금도 또렷합니다. 그게 엊그제 같은데 벌써 서른 해가 넘었습니다. 닐 다이어몬드가 부른 주제가 〈Be〉는 지금 들어도 한 편의 철학시로 손색이 없습니다. 강의실에서 이 영화를 보면서 그 시절과 함께 갔던 친구들이 생각났습니다. 무지개를 따라가봐야 끝내 잡을 수 없다는 것을 이미 알아차렸으면서도 무지개만 뜨면 마음은 그 다리 타고 하늘로 오를 것 같았던 찬란하게 아름다웠던 시절, 억압과 제약의 한가운데에서 속으로 멍들던 시절의 벗들입니다.

다른 갈매기들이 그저 갈매기로만 살아가는 데에 안주할 때 갈매기 조너선은 무리를 벗어나 가장 높이 가장 빠른 비행을 시도합니다. 그는 갈매기 무리로부터 추방당하지만 타협하거나 슬퍼하지 않습니다. 그들을 원망하지 않고 멋지게 나는 법을 터득해서 다른 갈매기들에게 가르쳐주고자 합니다. 그는 나는 법을 배웠고, 자신이 치른 대가를 아까워하지 않았습니다. 그에게는 신념이 있었고 자유에 대한 무한한 갈망이 있었기 때문입니다. 갈매기 조너선 시걸은 권태와 공포와 분노가 들이미는 삶의 껍질을 용감하게 이겨냅니다. 무엇을 하고 있는지 스스로 알고 있기 때문이고, 그건 언제나 이루어지는 것임을 굳게 믿고 있었기 때문이지요.

그는 쉬지 않습니다. 만족하지 않아서가 아니라 무의미하게 살지 않기 위해 계속해서 더 어려운 비행을 거듭 시도합니다.

"한 가지 공부가 끝나고, 또 다른 공부를 시작할 때가 온 거야."

그는 자신의 한계를 질서 있게, 참을성 있게 극복하려고 합니다. 견고하지만 유연한 자유에 대한 무한한 갈망이 그를 '조너선 시걸'인 갈매기로 만들었던 겁니다. 그는 공간을 정복하면 남겨 두게 되는 것은 '여기'이고, 시간을 정복하면 남겨두게 되는 것은 '지금'이라는 것을 통찰했고 정확한 현실인식과 평형감각을 지니고 있었습니다.

갈매기 조너선은 자신이 뼈와 깃뿐만 아니라 무엇에 의해서도 전혀 제한 받지 않는, 자유와 비상의 완전한 존재라는 것을 알고 있었습니다. 그가 더 높은 하늘을 비행하려 하는 것은 이러한 자기 인식에서 비롯됩니다. 그래서 그는 마침내 외칩니다.

"높이 나는 새가 멀리 본다."

소설과 영화를 보며 그토록 황홀하게 열망했던 까닭은 아마 검정 교복과 규범에 갇혀 지냈던 속박에 대한 반작용 때문이었을 겁니다. 그런데 지금 내면의 울림이 꿈틀대는 것은 끊임없이 스스로를 부추기며 이제야 겨우 터득한 수평비행으로 더 멀리 날고자 하는 새로운 갈망 때문인 것 같습니다.

정체된다는 것은 내면의 죽음을 의미한다는 것. 더 높이 더 빠르게 날 수도 없고 그 꿈도 접었지만 유장(悠長)하게 바람처럼 날아야 한다는 새로운 자각만은 분명히 갖게 됩니다. 이제 겨우 한 가지 공부가 끝났을 뿐, 아직도 배워야 할 것들이 많습니다. 지금은 또 다른 공부를 시작할 때입니다. 무슨 공부를 해야 할지 두고두고 생각해야겠습니다. 이제야 서투르게나마 수평비행을 시작합니다. 자유로운 비행을 위해.

찻잎의 부활

대충 헤아려보니 하루에 마시는 커피가 네댓 잔, 차가 서너 잔쯤 되는 것 같습니다. 풀어졌다 싶으면 커피를 마시고 조여졌다 싶으면 차를 마시는 게 제 끽다(喫茶) 습관입니다. 이런 식으로 마시는 게 좋은 건지 나쁜 건지는 잘 모르겠지만 그렇게 마셔왔습니다. 처음에는 차를 마실 때 다도와 격식에 맞아야 한다며 한 살림 가득 펼쳐놓고 마셨는데 번거롭기도 하고 차 한잔 마시는데 유난을 떤다는 느낌이어서(다도를 즐기시는 분들께서 오해하지 마시길!) 제 나름의 방식으로 차를 마십니다.

커다란 유리잔에 찻잎과 끓인 물을 붓습니다. 그러면 잠시 후 멋진 모습이 눈앞에 펼쳐집니다. 조금 넣었던 찻잎이 활짝 펴지는 것이지요. 볼 때마다 차가 부활한다는 느낌에 감탄하게 됩니다. 덖을 때 오그라들었던 찻잎은 따뜻한 물을 만나 덖기 이전의 본디 차 모습으로 돌아갑니다. 소박하게 화려한 모습은 정말 아름답습니다. 유리잔을 선호하는 까닭은 바로 이 때문입니다. 가득한 찻잎을 후후 불어 밀면서 마시는 차의 맛은 격식을 차려서 마실 때의 담백한 고졸미와는 또 다른 즐거움입니다.

본디 차의 향미를 온전히 되살리기 위해서는 제대로 덖어야 하겠지요. 달구어진 솥에서 불을 견뎌내고 다인(茶人)의 적당한 힘으로 멍석 위에서 굴려지면서 차는 모습도 색깔도 다르게 바뀝니다. 그 많던 찻잎이 겨우 한 줌으로 담기는 것을 보면 허망하기까지 합니다. 이른 봄 아침 안개 속에서 곱게 내밀었던 그 잎으로서야 어찌 달가울 수 있겠습니까? 어린잎이 제 뺨을 채 다 펴지도 못하고 진초록 당당한 빛깔도 제대로 입어보지 못하고 뜯겨진 것도 아쉬울 텐데 그렇게 덖이며 오그라들 때 찻잎은 속으로 많이 울었을 겁니다.

그러니 그 잎이 제 앞에서 본디 모습으로 활짝 피어나는 것을 보면 감탄하지 않을 수 없습니다. 게다가 그렇게 덖이며 품었던 향과 맛까지 곱게 드러내는 자태는 아름답기 그지없습니다. 그렇게 뜯기고 덖이지 않았다면 그저 억센 차나무에 불과했을 겁니다.

삶도 마찬가지라는 생각이 듭니다. 삶의 구비구비 매듭들이 어찌 아프고 쓰리지 않겠습니까. 하지만 그것들이 쌓이고 녹아서 때가 되면 포르르 되살아나겠지요. 세월은 그냥 허비하는 것이 아니라 그렇게 제 역사를 만들어가도록 하는 것 같습니다. 우리의 삶도 차가 덖이듯 단련되는 거겠지요. 되살아나기를 담담하게 기다리고 있는 겁니다.

차도 따뜻한 물이 부어져야 비로소 부활합니다. 아직은 제 삶에 따뜻한 물이 준비되지 않았는지도 모르겠습니다. 제 찻잎이 제대로 덖였는지도 정확하게 모릅니다. 서둘지 않고 그 잎과 물이 만나는 날을 겸손하게 기다리고 있습니다.

안과 밖이 어긋나지 않는 나이

장맛비가 언제라도 갑자기 쏟아질 것만 같은 늦은 아침, 기르는 강아지를 앞세우고 뒷산에 올랐습니다. 지난 가을 비늘 털듯 소나무가 쏟아낸 잎들이 켜켜이 쌓여 달착지근한 솔향 가득 번집니다. 부지런한 이웃들이 분주하게 산길을 오르내리며 수줍게 나누는 미소 또한 향긋합니다. 한바탕 쏟아질 비를 예감해서인지 한 쌍의 어치가 이 나무 저 나무로 옮겨다니며 터잡이를 하는 모습 또한 정겹습니다.

그다지 높지 않은 산이지만 중턱에 자리 잡은 절집에는 약수터가 있어서 사람들이 많이 찾아옵니다. 어떤 사람들은 커다란 플라스틱 통을 여러 개 가져와서 부지런히 물을 받습니다. 대부분 나이 지긋한 어르신들인 경우가 많습니다. 한 모금 목을 적시려고 바가지를 들고 있는 사람들에게 그분들은 미안한 표정을 지으시며 먼저 마시라고 자리를 내주십니다. 그분들께 고맙다고 인사하며 마시는 물맛은 정말 일품입니다.

그분들은 대부분 연세에 비해 건강해 보입니다. 그분들이 무겁게 물을 받아 가시는 까닭은 집에 있는 식구들에게 좋은 물을 먹이고 싶기 때문일 겁니다. 그런데 그 어르신들이 그렇게 건강한 것은 그 물을 마셔서가 아니라 그 물을 마시기 위해 힘들게 산에 오르셨기 때문이 아닐까 하는 생각이 들더군요.

어쩌면 집에 남아 떠다준 물을 마시는 사람들은 그렇게 건강하지 않을지도 모릅니다. 함께 산에 올라 몸의 묵은 찌꺼기들을 굵은 땀방울에 담아 내보내며 숨을 헐떡거리고 장딴지에 뻐근한 피로감을 느끼는 것이 중요한 것이지, 냉장고 문을 여는 수고만으로 들이키는 그 물은 그냥 물일 뿐이니까요. 그런 생각이 드는 것은 제가 산에 올랐다는 교만 때문일 수도 있겠지요. 하지만 약수는 산에 오른 운동의 동무 삼아 마실 때 비로소 제값을 한다는 생각은 버리기 어렵습니다.

이 나이쯤 되면 아는 것도 제법 묵직하고 들은 것, 본 것도 솔찮게 많습니다. 그것이 다른 사람에게 꿀리지 않는 당당함의 뿌리가 되기도 합니다. 한편으로 돌이켜보면 떠다준 물을 마셨을 뿐이었다는 두려움이 쭈뼛거리며 고개를 듭니다. 그 가르침대로 살지도 못하면서 그것을 담아두었다는 교만과 자부심만 부여잡고 있었습니다. 그 부끄러움을 이제야 깨닫는 나이가 된 것 같습니다.

약수터에서 커다란 물통을 줄 세워놓고 있는 분들의 나이가 되기까지는 제법 많은 시간이 남았다는 안도감이 제 나이가 아직 허투루 살 나이는 아니라는 새삼스러운 확인으로 다가옵니다.

이제는 안과 밖이 어긋나지 않고 밖이 안을 당기고 안이 밖을 살찌우는 당당함이 드러나야 하는 나이입니다. 젊지도 늙지도 않은 나이. 어찌 보면 어설픈 나이일지 모르지만 안팎이 촘촘하게 아귀가 맞아가기 시작하는 그런 나이가 된 거라고 생각합니다. 아직 남은 열정과 희망과 시도들이 쉰 못 미친 삶을 늘 푸른 소나무처럼 싱그럽게 만들겠지요. 되돌아 내려오는 산길에서 향긋한 솔잎더미를 밟으며 이미 식어 마른 땀이 시원했습니다.

닷새장의 추억

입구부터 줄지어 앉은 할머니들의 푸성귀, 때깔 고운 신발들의 고무 냄새, 장터 국밥집의 참을 수 없는 유혹, 뻥튀기 기계의 굉음과 침이 꼴깍 넘어가는 달콤한 냄새, 약장수의 현란한 선전, 선한 눈망울을 한 채 긴장과 불안으로 묶여 있는 소들. 어릴 적 닷새 만에 어김없이 돌아오는 장날은 반나절 놀잇감으로 충분했습니다. 장터는 장이 파하고 나면 텅 빈 공간으로 잊혀지지만, 장날이 다시 돌아오면 어김없이 새벽부터 분주함으로 되살아납니다.

일산으로 이사온 뒤 즐거운 일 가운데 하나는 가까운 곳에 재래시장이 있다는 점입니다. 닷새 만에 돌아오는 시장이 아직도 있다는 게 신기한데, 게다가 도심에 위치해 있으니 그 생명력이 놀라웠습니다. 가끔 시장에 가봅니다. 딱히 뭐 살 것도 없고, 볼 일도 없으면서 마치

시찰하듯 둘러봅니다.

이 닷새장에 갈 때는 최대한 편한 복장으로 그저 지폐 한두 장만 주머니에 쑤셔넣고 갑니다. 들어서는 초입부터 길을 지나기란 여간 어려운 일이 아닙니다. 차도에도 이미 장사하는 분들이 세워둔 차들이 한 차선을 점거하고 있어서 출근길 도심처럼 난리법석입니다. 시장은 어린 시절보다 크고 물품도 훨씬 좋아졌지만 그때 느꼈던 무한한 공간성이나 경이로움은 이미 사라졌습니다. 하기야 어렸을 때는 시장이 거의 세상의 크기와 맞먹을 만큼 거대하고 다양한 줄 알았습니다. 지금은 백화점이나 대형마트에 익숙해져 오히려 시장이 초라하게 느껴지기도 합니다.

하지만 서로 부대끼는 사람들의 느낌은 예나 지금이나 똑같습니다. 사람 냄새, 그게 시장의 매력입니다. 백화점이며 대리점이며 다 헤매고 뒤져도 없던 게 이곳 시장의 만물상에서는 우연찮게 발견되기도 합니다. 칼 가는 아저씨며 대장간 살림을 그대로 옮긴 할아버지는 마치 과거로 돌아간 느낌입니다. 술떡이며 왕만두는 모락모락 김을 내뿜으며 사람들을 유혹합니다. 어렸을 때 그 앞에서 빈 주머니에 손만 꼼지락거리며 침 흘리던 일이 흑백영화처럼 떠오릅니다. 살 것도 없이 시장 여기저기를 어슬렁거리며 돌아다니는 게 때론 민망하기도 하고, 마치 뭘 살 것처럼 기웃거리면 기다렸다는 듯 손을 덥석 잡고 살갑게 구는 아주머니에게도 미안합니다.

한참을 돌아다니다 보면 다리도 아프고 시장기가 돌기도 해서 천막 아래 국밥집에 들릅니다. 잔치국수 휘 저어 후루룩 먹는 맛은 일품입니다. 구수한 순댓국도 별미지요. 예전 시장에서는 길다란 나무 의자에 여럿이 이어 앉아 먹었지만 지금은 따로따로 알록달록한 플라스틱 의자에 엉덩이 걸치고 먹는 것만 다를 뿐, 옛날 맛 그대로입니다. 주인장 손도 커서 어지간한 어른이 먹어도 금세 배가 불룩해지는 풍성함은 감질나는 요즘 식당과는 애당초 비교도 되지 않습니다.

놀라운 것은 지금도 약장수가 있다는 겁니다. 예전처럼 화려하고 와자지껄한 풍광은 아니지만 한쪽 구석에서 원숭이가 두리번거리는 모습은 영락없는 옛 모습 그대롭니다. 다만 예전처럼 등에 북 달고 다리에 심벌즈 끈을 단 모습은 없고 커다란 카세트에서 설운도와 주현미의 끈적한 노래들이 메들리로 이어집니다. 약의 효능은 예전과 어쩜 그렇게 똑같은지, 그 약으로 고치지 못할 병이 없습니다. 이젠 아무도 믿지 않지만 그래도 타박하지는 않습니다. 그래도 몇몇 분들이 사는 걸 보면 아주 생짜배기 가짜는 아닌지도 모르겠습니다.

마음씨 착한 가게 주인의 배려인지 가게 옆 빼꼼한 빈 자리를 차지한 할머니는 쪼그리고 앉아 열심히 콩을 까서 그릇에 담고 계십니다. 저녁밥에 넣으면 좋겠다 싶어 돈을 건네면 할머니의 얼굴에 갑자기 생기에 찬 미소가 번집니다. 앞니가 다 빠져 잇몸만 보이는 할머니는 콩을 한 사발 가득 담더니 그 절반쯤 되는 양을 덤으로 담으십니다. 저는 그저 한두 끼 먹을 양이면 족해서 다시 반을 덜어내는데 할머니는 반만 사는 줄 아시는지 낭패한 표정을 지으십니다. 돈을 드리면 할머니는 놀라운 민첩성으로 다시 반 사발을 담으시려 합니다. 그저 웃으며 덜어낸 봉지만 들고 일어서면 할머니는 미안함과 고마움에 어쩔 줄 몰라 하시며 손을 흔들어 인사를 건네십니다. 그날 저녁 밥상의 콩밥은 할머니의 그 따뜻한 마음으로 한결 풍성합니다.

어쩌다 이것저것 소꿉질하듯 사다 보면 까만 비닐봉지 여럿이 손에 대롱대롱 매달려 자기들끼리 부대끼며 이야기꽃을 피웁니다. 다 둘러보아도 겨우 한두 시간밖에 걸리지 않습니다. 예전보다 시장이 작아진 까닭인지, 어른이 되어서 호기심도 줄어들고 걸음도 빨라져서인지는 모르겠습니다. 소 한 마리 본 적 없는데 멀리서 소 울음이 환청으로 들리는 건 아마도 옛 시장 한 귀퉁이에 있던 우시장이 그립기 때문인 듯합니다.

결혼식에 대한 소고

오랫동안 함께 일해온 조교가 결혼 때문에 사직을 했습니다. 작별 회식은 지난주에 이미 했지만 그래도 오늘 막상 그만둔다니까 마음이 헛헛했습니다. 물론 결혼은 축하할 일이지요.

그런데 결혼선물을 무엇으로 할 것인지는 아직 정하지 못했습니다. 그냥 부조금을 내는 것도 좋겠지만 뭔가 도움이 되거나 뜻있는 선물을 하고 싶었습니다. 며칠을 생각하다가 결혼식 날 발행되는 모든 신문과 잡지들을 챙겨 예쁘게 포장해서 주기로 마음먹었습니다. 그깟 신문이며 잡지가 무슨 도움이 될까마는 훗날 자신들이 결혼한 날 세상에 무슨 일이 있었는지 더듬어보는 것도 쏠쏠한 재미가 있을 것 같습니다. 어떤 이의 첫아이 돌 때 그렇게 선물한 적이 있는데 받는 사람이 진심으로 기뻐하더군요. 미리 신문 가판대와 서점에 돈을 치르고 챙겨달라고 부탁을 해야겠습니다.

결혼식에서 신랑 신부는 말할 것도 없고 혼주(婚主)와 많은 하객들이 행복해 하는 모습을 보면 덩달아 행복해집니다. 그러나 막상 식이 시작되면 정말 보기 싫은 모습 때문에 속이 불편합니다. 제가 모자란 사람이어서 그런지, 아니면 유별나서 그런지는 모르겠지만, 신랑이 먼저 들어가고 조금 뒤 웨딩마치에 맞춰서 신부가 아버지 손 잡고 들어가는 모습이 영 보기 싫습니다. 결혼은 두 사람이 새로운 가정을 꾸려서 새 출발을 하면서 축복도 받고 자신들의 당당한 첫 걸음을 하객들에게 보여주는 의식입니다.

그런데 남자는 혼자 걸어 들어가고 여자는 왜 아버지의 손을 잡고 들어가야 하나요? 저는 그 모습을 볼 때마다 헨릭 입센의《인형의 집》이 떠오릅니다. 주인공 노라의 각성을 통해 아버지의 손에서 남편의 손에 넘겨지는 여성의 삶에 대해 반성을 촉구한 이 작품이 발표된 지 이미 백 년이 넘었습니다. 어떤 이들은 말합니다. 혼인은 두 사람만의 엮임이 아니라 세 가정의 새로운 관계라고. 그렇다면 어째서 그 관계의 출발을 그렇게 종속적 관계로 시작해야 하는지 참 알다가도 모르겠습니다. 저는 아버지의 손에 이끌려 입장한 신부가 신랑에게 넘겨지는 그 장면이 마치 물건을 인수인계하는 것 같아 싫습니다.

신부가 아버지와 함께 걷는 것은 출가외인을 상징적으로 보여주는 별리(別離)이겠지요. 하지만 딸이 당당하게 제 삶을 새롭게 시작하는 모습을 지켜보는 것이 더 좋지 않을까요? 굳이 양가의 새로운 만남을 보여주려면 양가 부모가 먼저 입장해서 마주 절하고 하객들에게 인사를 하고 자리를 잡은 뒤, 신랑과 신부가 함께 나란히 걸어 들어가는 모습은 어떻습니까? 퇴장할 때도 굳이 여자가 남자의 팔에 팔짱을 두르기보다는 함께 손 잡고 나오는 모습이 더 당당하고 보기 좋지 않을까요? 당당한 동반자 의식을 상징적으로 보여주기 위해서 말입니다.

가끔 신랑 신부가 함께 입장하는 결혼식에 가면 그 모습이 얼마나 보기 좋은지, 그 한 쌍이 정말 멋지게 잘살 것 같다는 확신이 들어서 듬직합니다. 본디 우리 전통 혼례에서도 여자가 친정아버지의 손을 잡고 들어서지 않습니다. 서양식 혼인 예식이 도입되면서 그 어쭙잖은 신부 입장이 아무 생각없이 습관처럼 반복되고 있을 뿐입니다. 자신이 아버지의 새장에서 곱게 자라다가 남편의 새장으로 옮겨간 새에 불과하다는 것을 깨달은 노라의 분노가 이미 백 년이 지나고 여성의 권리가 눈에 띄게 신장한 지금에도 유효하다는 것은 놀랍고도 안타까운 일입니다.

저는 제 자식들이 혼인하게 되면 사돈과 함께 걸어 들어가서 맞절을 하고, 함께 나란히 입장하는 신랑 신부를 기다렸다가 그들과 인사를 나눈 뒤 각자의 자리에 앉아 혼인예식을 지켜볼 생각입니다. 기울어짐 없이 온전하게 평등한 지아비 지어미로 시작하며 굳게 손 잡고 퇴장하는 것을 마음껏 축하할 생각입니다.

결혼하는 조교의 선물을 준비하면서 다음 달 혼인미사에서는 그 행복한 모습을 볼 수 있을까 기대와 걱정이 앞서는 건 여전히 유별

난 제 성정 때문일까요? 아니면 머지않아 저도 자식놈들 혼사를 치르게 될 아비이기 때문일까요? 아마도 아버지의 새장에서 남편의 새장으로 자리 옮김을 하는 것이 아닌 혼인을 보고 싶기 때문일 겁니다. 그런 신랑 신부들에게 축복을!

설날에 쓰는 유서

해마다 설날이 되면 저는 엉뚱하게도 유서를 씁니다. 섣달 그믐 끝자락까지 다 채우고 난 뒤 새해 새 날 첫 시간에 책상에 앉아 유서를 씁니다. 설이란 말에 대한 여러 설들이 있는데 하나는 '삼가고 꺼린다'는 뜻의 신일(愼日)이라는 것과 우리말 '설다'에서 연유한 새로움의 의미라는 주장이 가장 널리 받아들여지는 것 같습니다. 새롭게 시작되는, 그래서 삼가고 꺼리는 날이 설날이라면 지난 한 해의 반성과 새해에 대한 각오와 바람을 새로 세우는 일이 맞겠다 싶어서 10년 넘게 그렇게 해왔습니다.

지난해 작성하여 책상 서랍에 넣어두었던 유서를 꺼내 찢고 새로운 유서를 쓰는 순간은 비감하기까지 합니다. 만약 제가 갑자기 죽게 되면 어떻게 살아야 하는지를 아들들에게 당부하고, 아비가 없는 세상을 살아갈 수 있는 가르침을 생각해봅니다. 아내에게는 제가 얼마나 사랑해왔는지, 지아비 없는 지어미의 삶을 남기고 떠나서 얼마나 미안한지, 그리고 앞으로 저와의 추억을 돌이키며 과거에 머물러 살지 말고 당당하게 자신의 선택에 따라 살기를 당부하는 내용의 글을 쓰면서 가족이 제게 얼마나 소중한지 새삼 깨닫습니다.

다음해에 다시 유서를 쓸 수 있기를 바라며, 그러기 위해서는 어찌 살아야 할 것인지, 그리고 재물로야 빈약하겠지만 남은 가족들에게 어떤 유산을 남겨두고 떠나야 할 것인지 한 올 한 올 새겨봅니다.

허투루 살아서는 안 되겠다는 다짐이 한 해의 삶을 다 버텨주고 밀어줄 수는 없겠지요. 하지만 하루하루를 그 유서를 쓰는 것처럼, 아니 그 유서의 내용을 하나라도 더 풍요롭게 하기 위해서라도 열심히 살아야 한다는 의무감이 빼곡하게 자리를 틉니다. 날마다 유서를 쓰는 비장함과 청승을 안고 살 수는 없더라도 적어도 한 해를 여는 그 아침에 한 해의 다짐은 근근이 저를 버텨주는 힘이 됩니다.

사실 시간의 어긋남처럼 슬픈 일은 없을 겁니다. 영화 〈남과 여〉는 그 어긋남을 시리도록 아프고 아름답게 표현합니다. 감독 클로드 를르슈는 이 영화에서 30대 미망인 안느와 홀아비 자동차 레이서인 장의 만남을 통해 과거의 추억에서 벗어나지 못하는 남녀의 이야기를 그려냅니다. 현재의 만남을 번번이 가로막는 과거는 두 남녀가 가까이 다가서지 못하도록 하지만, 정작 아쉬운 건 시간이 어긋난다는 점입니다.

현재를 사랑하지만, 너무나 또렷하게 남아 있어서 그 위에 도저히 새 그림을 그릴 수 없는 수 없는 과거의 사랑은 시간의 어긋남이 주는 운명적 한계를 역설합니다. 그렇게 현재와 과의 엇갈림 속에서 아파하던 두 사람은 결국 마지막 장면에서 만남을 이룹니다. 안느가 기차를 타고 먼저 파리로 돌아가고 경주를 마친 장이 레이싱카를 그대로 몰고 밤을 달려 그 기차를 따라잡으면서 모노크롬에서 컬러로 서서히 바뀌는 그 장면을 지금도 잊을 수가 없습니다. 과거를 버리는 것이 아니라 현재를 받아들임으로써 눅눅한 단색으로 남아 있던 현재가 생생한 총천연색으로 바뀌는 모습은 엇갈린 시간이 비로소 마주치는 감동으로 남아 있습니다.

설날 유서를 쓰면서 그 시간이 스스로를 배반하지 않기를 간절히 바랍니다. 어긋난 시간의 상사병이 아니어야 하기 때문입니다. 유서는 괄호 속에 남겨진 과거도, 미래도 아닌 살아 있는 현재를 위한 일종의 자기계약서와 같은 겁니다. 항상 스스로를 경계하고 채근하며 가족에 대한 의무와 사랑을 다짐하는 소중한 문서입니다. 내년에도 또다시 유서를 쓰는 한 올해의 유서는 아무도 읽어보지 못하는 비밀스러운 폐기문서가 되겠지요. 또 한 해의 유서를 당당하게 쓰기 위해서라도 이 한 해 잘 마무리해야겠습니다. 그렇게 앞으로 한 30, 40년 유서를 계속해서 쓸 생각입니다. 작은 부활을 꿈꾸며.

직선의 속도와 곡선의 넉넉함

처음으로 나간 동문회, 그것도 반창회. 그동안 얼굴 한번 제대로 비치지 못했는데 꾸준히 연락해준 친구들의 성의가 고맙습니다.

거의 30년 가까운 공백이 서먹서먹하지 않을까 내심 걱정도 되더군요. 하지만 보고 싶은 얼굴들을 볼 수 있다는 설렘으로 모두 털어냈습니다. 때로는 얼굴과 이름이 곧바로 연결되지 않는 경우도 있었지만, 금세 교실에서 부비고 섞이며 지냈던 그때로 돌아가고 있었습니다. 그게 바로 인연이고 추억인가 봅니다.

나이 50을 바라보며 그 옛날 얼굴들을 되짚어보는 것이 그렇게 쉬울 줄 몰랐습니다. 머리칼이 하얗게 변하기도 빠지기도 하고 얼굴은 주름들이 시간의 흔적들을 담기는 했어도, 그 옛날 탱탱하던 정다운 얼굴들을 감추지는 못하더군요.

세상 살아가는 방법과 길은 서로 조금씩 다를지 모르지만 각자의 궤적을 모두 잠시 괄호 속에 담아두고 아무런 계산도 애증도 없는 그 순수한 시절로 돌아가는, 세월에 대한 즐거운 배반을 만끽하느라 시간 가는 줄 몰랐습니다. 때론 삶의 무게와 부피 때문에 외면하거나 건너뛸 수밖에 없는 사연들이 어찌 없겠습니까. 그래도 보는 것만으로도 행복할 수 있었습니다.

흔히 속도를 얻으면 풍경을 잃고, 풍경을 얻으면 속도를 잃는다지만, 이제 우리 나이가 적당한 속도와 풍경을 동시에 볼 수 있는 나이가 돼서 그럴까, 직선의 속도와 곡선의 넉넉함을 서로에게 베풀 수 있는 행복이 있었습니다.

더 붙잡고 무심하게 지낸 시간의 간격을 메우고 싶은 충동을 누르고 일상으로 돌아가는 것이 너무 아쉽고 아까웠지만, 그래도 첫 단추가 꿰어지면 나머지는 어렵지 않게 이어질 것이라는 기대가 발걸음을 무겁지 않게 했습니다.

만났던 벗들, 만나게 될 벗들, 어쩌면 앞으로도 못 볼지 모를 벗들. 모두에게 평화의 인사를 보냅니다. 그들로 인해 내 삶이 따뜻할 수 있어서 고맙다는 인사를 함께 보냅니다.

만년필에 어린 추억

책상 위 필통에 꽂힌 만년필에 눈이 닿아 모처럼 꺼냈더니 잉크는 이미 다 말라버리고 종이 위에서 사각거리는 소리만 납니다. 잉크를 다시 넣으려고 찾아보았는데 어디에 두었는지 좀처럼 찾지를 못합니다. 하기야 만년필을 마지막으로 쓴 지가 언제인지 기억조차 가물가물합니다. 어렵사리 찾아서 잉크를 넣습니다. 튜브가 쭈욱 잉크를 빨아들이는 소리며 감촉이 아이의 맨살을 만지는 것처럼 상큼합니다. 종이 위를 달리며 잉크를 뱉어내는 만년필은 금세 나를 어린 시절로 몰아냅니다.

중학교에 처음 들어갔을 때 비로소 더 이상 어린 아이가 아니라는 느낌을 받았습니다. 한창 자랄 3년 동안 입어야 한다며 교복을 한 뼘 넘게 넉넉한 치수로 만들어서 펄럭펄럭 커다란 자루를 뒤집어 쓴 것 같고 목을 조르는 깃이 갑갑하긴 했지만 이제 중학생이라는 생각에 흐뭇하던 시절이었습니다. 매시간 다른 교과 선생님들이 따로 들어오시는 것도 신기하고 뿌듯했습니다. 그중에서 가장 신기하고 재미있었던 시간은 영어 시간이었습니다.

처음 배우는 다른 나라 말도 재밌고, 꼬부랑 땡그랑 글씨 쓰기도 즐거웠습니다. 처음에는 음악 공책으로 착각했던 네 줄짜리 펜멘십에 크기와 모양을 가늠하며 쓰는 영어 글자들은 모두 신기한 그림 같았지요. 특히 A부터 Z까지 대문자와 소문자를 필기체로 한 번도 떼지 않고 한 줄로 이어 쓰는 재미가 그만이었습니다. 다 쓰고 나면 마술의 주문 같기도 하고 미술의 문양 같기도 했습니다.

중학교에 오니 또 하나 달라진 것이 펜 쓰기였습니다. 다른 시간에는 볼펜을 써도 괜찮은데 영어 시간과 한문 시간만큼은 반드시 펜을 써야 했습니다. 때로는 책상 위에 잉크를 엎질러 교복에 튀기도 하고 그 때문에 옆 친구가 화를 냈던 기억이 새롭습니다. 그래서 잉크 병 속에 스펀지를 넣어서 넘어져도 잉크가 쏟아지지 않게 하는 법을 터득하기도 했습니다. 그럴 때마다 만년필을 쓰고 싶어 안달이었죠. 중학교 입학 때 큰형이 선물로 준 만년필은 잉크를 찍을 필요도 없고 튀지도 않아서 참 편리했습니다. 그때 파커라는 만년필은 대단한 사치였습니다.

수업 시간 필기를 함께 하면 온 교실에 펜이 사각사각 종이를 긁어대는 소리가 커다란 소음과 같았습니다. 하지만 그 묘한 마찰음이 주는 어떤 독특함이랄까 자부심이랄까 하여튼 딱히 꼬집어 말할 수 없는 어떤 쾌감이 있었습니다. 어떤 친구는 G펜으로 제목을 굵직하게 써서 부러움을 사기도 했지요.

이제는 책상 위에 더 이상 펜이 없습니다. 그토록 편리하게 여겼으면서도 비싼(?) 펜촉이 아깝다며 자주 쓰지 못하던 만년필조차 살아 있는 유물이 되어버린 지 오랩니다. 하지만 펜을 쓰던 그 시절은 유물이 아니라 보물처럼 살아 있습니다. 다만 창고 깊숙하게 넣어두어서 꺼내보지 않고는 그 존재를 기억하지도 못하는 보물이 되었습니다.

이제는 어른이 되어 아무도 펜을 쓰지 않고 만년필조차도 없이 사는 경우가 흔합니다. 어쩌다 높은 자리에 있는 친구들은 결재 서류에 서명하기 위해 만년필을 권위의 상징처럼 지참하고 있겠지요. 그나마도 아주 적은 사람을 제외하고는 휴화산이 아니라 이미 사화산(死火山)이 되어버린 만년필. 예전 까까머리 중고등학교 시절처럼 튜브를 물에 깨끗하게 씻고 펜촉도 갈무리해서 가끔은 다시 써볼 생각으로 미지근한 물을 받습니다. 이제는 희귀해서 사기도 쉽지 않은 고급 잉크를 사다 먹여서 두고두고 부려먹을 생각입니다.

뭉툭한 칼의 지혜

어떤 큰스님이 두 스님에게 과제를 하나 내주었습니다. 각자에게 칼 한 자루씩을 주면서 칼이 잘 들도록 벼리는 사람을 당신의 상좌로 삼겠다고 말했습니다. 두 스님은 날마다 열심히 칼을 갈았습니다. 마침내 검사를 받는 날이 왔습니다. 한 스님의 칼은 바람에 스치는 옷깃마저 그대로 잘라낼 만큼 날카로웠지만, 다른 스님의 칼은 오히려 내준 칼보다 더 무뎌지다 못해 뭉툭한 날을 하고 있었습니다. 그런데 엉뚱하게도 큰스님은 날이 무딘 칼을 내놓은 스님을 상좌로 삼았습니다. 칼을 갈다가 칼이 얼마나 위험한 물건인지 새삼스럽게 깨닫고 일부러 칼을 무디게 만든 스님을 선택한 겁니다.

젊었을 때는 열심히 칼을 갈게 됩니다. 누구든 맞서는 사람은 한칼에 벨 수 있도록 갈고 또 갑니다. 다른 사람들은 그 칼의 날카로움을 부러워하고 칼의 주인을 존경합니다. 그러나 칼은 조심스럽게 다루지 않으면 상대뿐 아니라 자신에게도 상처를 입히기 일쑤입니다. 그런데도 젊을 때는 칼의 예리함만으로도 행복합니다. 그래서 틈나는 대로 열심히 칼을 갈게 됩니다.

그러나 어느 정도 나이가 들고 세상을 알게 되면서 더 이상 칼을 갈지 않게 됩니다. 자신의 칼에 베인 많은 상처들을 돌아보게 됩니다. 더 이상 상처를 내는 칼을 원하지 않게 됩니다. 그리고 한쪽 구석에 칼을 내려놓습니다.

만족한다고 할 수는 없지만 그래도 나름대로 치열한 젊음을 살았습니다. 부대끼며 껴안기도 했지만 꺾어놓은 사람들이 더 많았습니다. 상대를 꺾어야만 내가 꺾이지 않는다는 것을 세상살이에서 터득했기 때문이었습니다. 그렇다고 나를 위해 산 것만은 아닙니다. 함께 사는 사람들이 부당한 억압을 받고 있을 때는 거대한 권력에 맞서 싸우기도 했습니다. 그 때문에 신음하고 상처를 안았지만 그래도 가치 있는 일이라고 믿으며 싸웠습니다. 그때 날이 잘 선 칼이 있으면 억압하는 그 못된 사람을 베어버리고 싶었습니다. 정의에 대한 열정은 있었지만 자비와 용서는 미처 배우지 못하고 살았습니다. 그렇게 벼린 날은 늘 푸른 빛을 품으며 저를 지켜주었습니다.

시간이 흐르면서 꺾이는 법을 배웠습니다. 처음에는 당혹스러웠습니다. 내 칼보다 더 예리한 칼이 있다는 사실을 참을 수 없었습니다. 그래서 더 날카롭게 벼리기 위해 별별 수단과 방법을 다 써봤습니다. 칼의 진정한 의미를 깨닫는 지혜는 늦게 찾아왔습니다. 하지만 이내 칼을 거둘 수 있게 되었습니다. 아직도 때때로 칼을 꺼내 숫돌에 올려놓고 갈고 싶은 생각이 듭니다. 아직 덜 여물어서 그렇겠지요. 칼을 거두었을 때 비로소 느꼈던 평화는 그 유혹을 스스로 거두게 만들었습니다.

칼이 없으면 죽는 줄만 알았습니다, 처음에는. 그러나 차차 날카로운 칼을 거둘 때가 되었음을 알게 되면서 더 이상 칼을 뽑지 않게 되었습니다. 이제는 입보다 귀를 더 많이 열어두는 법도 알게 되었습니다. 상대를 아프게 하는 말보다는 그를 받아줄 수 있는 마음을 조금씩 열어가면서 삶의 진지함과 성숙함을 겨우 알게 되었습니다. 아주 조금씩이지만 더 너그러워지기 위해 애쓰며 사는 게 얼마나 행복한 것인지 이제야 깨닫습니다.

더 이상 칼을 쓰지 않고 사는 삶을 꿈꿉니다. 가끔은 녹이 슬까 두려워서 꺼내어 닦기도 하지만 닦기만 할 뿐 갈지는 않습니다. 그저 칼집에 넣어 지니고 있는 것만으로도 든든한 방패막이라고 여기며 만지작거릴 뿐입니다. 아직 그 칼을 부러뜨릴 자신은 없습니다. 아직은 그 부피만큼 용감하지 못하고 그 무게만큼 지혜롭지 못하기 때문일 겁니다. 조금 더 시간이 흐르면 망치를 꺼내 그 날을 뭉툭하게 두드려보게 될지, 아직은 모르겠습니다. 하지만 칼은 더 이상 칼집에서 나와 세상을 향해 날을 세우지는 않을 것 같습니다. 그저 그만한 것이 다행이라 생각하며 비겁하게 삽니다. 그러나 그 비겁이 이제는 행복하니 어쩔 도리가 없습니다.

2장

제 나이에 맞춰 사는 행복

나이듦의 즐거움

잊고 지냈던 본능을 찾아

방학이 되면 아내는 진담 반 농담 반으로 곁일을 가져보는 게 어떠냐고 슬쩍 떠봅니다. 학기 중에는 날마다 출근하는 남편이 그럭저럭 괜찮지만 방학이면 집에 붙어 있는 게 못마땅한지 그렇게 찔러댑니다. 물론 아내가 정말 작심하고 그렇게 말하는 것은 아니고 지나가는 말로 괜히 심사를 건드려보는 줄 저도 압니다.

남들 보기에 일주일에 10시간 안팎의 수업만 하면 되니 부럽기도 하겠지만 알고 보면 꼭 그런 건 아닙니다. 한 시간 수업을 위해서 대개 그 네 배의 시간을 준비와 뒷마무리에 할애해야 하니 일해야 하는 시간이 주당 50시간을 어렵지 않게 넘습니다. 하지만 방학을 마치 긴 휴가처럼 보는 사람들은 세상에 그렇게 좋은 직업이 어디 있느냐며 토를 답니다.

사실은 저도 진작부터 곁일을 하고 있다는 것을 아내는 잘 모를 겁니다. 그렇다고 택시를 몰거나 공사판에 가서 힘을 쓰는 건 아닙니다. 그런 노동을 할 깜냥이 못 되는 것이지요. 남들처럼 여윳돈이 있어서 주식이나 증권 투자를 하며 부수입을 올리는 것도 아닙니다. 그럴 형편도 아니거니와 그 방면에는 손방이어서 애당초 시도를 못했습니다.

마흔 중턱을 넘어서면서 이런저런 고민이 생겼습니다. 오랫동안 파묻어 두어서 아예 그 존재조차 잊고 지냈던 본능이 조금씩 껍질을 벗고 그 모습을 드러낼 때 어이가 없어 처음에는 웃기만 했습니다. 제 글을 쓰고 싶다는 생각이 스멀스멀 저를 들쑤시기 시작할 때, 애써 무시하려 했지만 사그라지기는커녕 오히려 갈수록 또렷하게 다가왔습니다. 그래서 5년을 잡고 소설을 쓰기 시작했습니다. 다만 한 가지 스스로에게 약조를 받았습니다. 학교에서는 학교일에만 전념하고 집에서 딱 한 시간만 할애하기로 말입니다. 그리고 출퇴근하는 두 시간은 그날 쓸 글에 대해 생각하며 보내기로 했습니다. 집에서도 저녁 차리고 설거지 끝낸 뒤 자투리 시간에 썼습니다. 그 시간이 늦바람 난 듯 저를 달뜨게 했습니다.

그렇게 5년 만에 1,200쪽짜리 장편을 끝냈습니다. 하지만 1년을 처박아두고는 다시 들춰보지 않았습니다. 그러다가 문득 톨스토이가 《부활》을 썼던 나이가 일흔두 살이었다는 사실이 떠올랐습니다. 물론 그는 평생을 글만 썼던 사람이었으니 나이가 중요한 건 아니겠지만, 그래도 위안이 되었습니다. 프루스트가 죽을 때까지 하나의 장편에 매달려 십수 년을 쏟았던 일도 기억났습니다. 실망을 거두고 다시 글을 돌아보니 고칠 것도 많고 덜어낼 것, 새로 써넣을 것도 많았습니다. 몇 번을 더 고치고 다시 쓰고 할지는 모르겠습니다. 하지만 이제 조급함은 버리기로 했습니다. 그래야 평생 두고 곁일로 글을 쓸 수 있으니까요. 그래서 다시 두 편의 소설을 더 쓸 수 있었습니다. 이번에도 당분간 삭혀두었다가 익을 때가 되면 꺼내어 잘 갈무리해서 세상에 내놓기로 했습니다.

당장은 그 일로 아무런 소득이 생기지 않았으니 농반진반 들쑤시는 아내에게 곁일을 하고 있다고 내놓고 말하지는 못합니다. 그러나 나무를 심고 제법 시간이 지나서 잊고 지낸 뒤 어느 날 쑥 자란 모습 보며 놀라듯 제 남은 삶에서 두 가지 일을 할 수 있으니 속으로는 은근히 행복합니다. 가르치는 일 그만두면 나무 심는 것을 글 쓰는 일의 곁일로 삼을 생각입니다. 나무 심고 글 쓰고, 글 쓰고 나무 가꾸는 나머지 삶이 그리 나쁠 것 같지는 않다 생각하니 나이 들어가는 게 서럽지 않습니다.

우표 수집 예찬

오늘 학교 우체국에 가니 새로 나온 우표가 있다고 알려줍니다. 여러 해 전부터 우표를 수집하고 있습니다. 초등학교와 중학교 때까지 우표를 모으다가 시들해져서 그만두었는데 다시 시작한 게 벌써 7, 8년을 넘겼습니다. 고맙게도 우체국 직원이 꼬박꼬박 챙겨줘서 어렵지 않게 우표를 모을 수 있었습니다.

남들은 미래와 노후를 위해 주식에 투자하거나 채권을 사는 등 열심입니다. 저도 나름대로 노후자금을 마련해야 할 터인데 아무리 따져 봐도 그럴 여유도 없거니와 그 분야에 대한 재능도 없습니다. 그래서 열심히 우표를 수집하고 있습니다.

그까짓 게 무슨 노후 대책이냐 코웃음 치는 사람들이 많을 겁니다. 하기야 제가 봐도 그게 딱히 큰 도움이 될 것 같지는 않습니다. 그래도 우표를 모으다 보면 어렸을 때 취미로 모았던 그 즐거움을 고스란히 느낄 수 있어서 좋습니다. 그리고 우표에 담긴 그림들은 당대와 사건들을 잘 표현하고 있어서 역사책 같은 볼거리도 있습니다.

훗날 형편이 나쁘지 않아 우표 팔 일이 없으면 천만다행이겠지요. 그러기를 바랍니다. 그러나 만에 하나 형편이 여의치 못하면 내다 팔아서 그저 용돈 삼아 쓸 만큼은 될 수 있을 겁니다. 큰 투자는 아니지만 가지고 있으며 들여다볼 수 있는 기쁨이 있어서 좋고, 급하면 몇 푼이나마 돈이 될 수도 있으니 그다지 나쁠 건 없다 싶습니다. 형편이 좋아 아들들에게 남겨주면 그들에게 나름대로 좋은 자산이 될 수도 있고 그렇게 손자 녀석들에게까지 전해지면 더할 나위 없이 좋겠지요.

어렸을 때는 봉투에 붙어 있는, 우편 소인이 그대로 찍힌 우표를 조심스럽게 떼어 모았고, 시트로 사거나 책으로 사는 것만 다를 뿐 지금도 그때의 성취감이나 소박한 즐거움이 별반 다르지 않습니다. 물려줄 만한 거라고는 책과 미술품, 그리고 우표 정도밖에 없지만 그게 증권이나 채권보다 더 소중한 가치가 될 수도 있을 거라는 생각에 조금 위안은 됩니다.

뭔가를 꾸준히 모으는 재미가 나름대로 제법 쏠쏠합니다. 꼭 비싸거나 귀한 것이 아니더라도 자신이 좋아하는 주제에 맞춰 수집하는 건 단순한 취미에 그치는 게 아니라 그에 대한 지식과 정보까지 포함해서 유익합니다. 게다가 자신에게 기쁨을 줄 수 있는 뭔가를 모으는 건 오페라의 간주곡처럼 삶의 작은 즐거움이 될 겁니다.

돈 많은 호사가들처럼 자동차나 고가의 오디오를 모으는 것은 애당초 꿈도 꾸지 않거니와 보관과 관리도 예삿일이 아니어서 이렇게 우표를 모으는 걸로 만족하며 우체국을 마실 가 듯 드나듭니다. 다음 주에도 새 우표가 나온다니 어떤 내용일까, 무슨 모양일까 궁금해집니다. 다음주에 우체국에 가는 길은 그래서 또 즐거울 것 같습니다.

제 나이에 맞춰 사는 행복

무언가 가지고 있으면 잃을까 두려워하는 건 누구나 마찬가지인 모양입니다. 돈, 권력, 명예도 언제 어느 순간에 내 손에서 벗어날지 모릅니다. 유대인들은 지식은 그렇지 않으니 지식을 담아두는 데에 힘쓰라고 가르친다지만, 지식 또한 온전히 남으리라고 믿을 만한 것은 못됩니다. 때로 기존의 지식 때문에 새로운 것을 받아들이지 못해 아예 없느니만 못할 때도 많습니다. 사제들이 청빈을 서약하는 것이나 스님들이 무소유를 추구하는 것도 다 부질없기 때문이기도 하겠지만 집착과 편협에 빠지는 것을 경계하기 때문일 겁니다.

우리네 소시민들이야 별로 잃을 것도 없으니 많이 가진 사람들보다 잃을 걱정은 덜하겠지만 시간만큼은 누구에게나 똑같은 분량으로 주어지므로 그에 대해서는 너 나 없이 매달리고 두려워합니다. 늘

어만 가는 이마의 주름과 처지는 눈매를 펴기 위해 보톡스를 맞네, 경락과 마사지를 하네 하며 능력이 닿는 한 다 해보고 싶어합니다. 날씬한 몸매를 유지하기 위해 많은 돈과 시간을 들여 매일 땀을 흘립니다. 몸이 젊어지면 마음도 젊어질 수는 있겠지요.

어릴 적에 한 살이라도 더 들어 보이려고 괜히 노숙한 척하고 아버지나 형 옷을 슬쩍 훔쳐 입고 나갔던 경험이 있습니다. 행동거지나 말투도 그래 보이려고 괜히 어깨에 힘을 주었습니다. 그땐 자연스러운 일이지요. 하지만 이제 나이가 들어가면서 오히려 반대로 한 살이라도 젊게 보이려고 무진 애를 씁니다.

따지고 보면 모두가 제 나이에서 벗어나고자 애쓰는 것이지요. 하지만 제 나이에 맞춰 사는 것만큼 자연스럽고 행복한 것도 없을 것 같습니다. 그렇게 사는 게 불필요한 힘도 들지 않고, 제 삶을 결에 따라 즐겁게 살 수 있는 것이니까요.

그레타 가르보라는 유명한 여배우가 있었지요. 아름다운 데다 북유럽계 여인 특유의 신비로움까지 더해 많은 사람들에게 사랑 받던 사람이었습니다. 그러나 이 여배우는 서른을 넘기고 얼마 지나지 않아 아침 안개처럼 홀연히 사라졌습니다. 그리고 그대로 살아 있는 전설로 남았습니다. 자신에 대한 추앙이 젊음과 미모 때문이라는 것을 잘 알았기 때문에 이를 잃는 것이 두려웠고, 나이가 들었다고 느끼는 순간 불안 때문에 대중 앞에 나서기가 꺼려졌던 것입니다. 그러고는 죽는 그날까지 한 번도 대중의 눈에 뜨이지 않으려고 숨어 살았습니다.

그녀와 뚜렷한 대비를 이루는 여배우로 캐서린 헵번이 있습니다. 그녀는 아카데미 여우주연상을 네 차례나 받은 불멸의 배우였습니다. 〈황금 연못〉에서 보여준 그녀의 할머니 연기는 그 나이에만 가능한 것이었기에 더욱 감동적이었습니다. 때로는 강인함과 억셈, 때로는 품위와 너그러움, 그리고 경쾌함과 재치가 씨줄과 날줄로 엮여 촘촘하게 짜여진 그녀의 연기는 나이를 거르지 않고 결대로 따라 살면서 그 나이만이 그려낼 수 있는 삶과 사랑을 그대로 보여준 미덕이었습니다.

한 배우는 전설로 남았지만 다른 한 배우는 진정한 배우로 영원히 살아 있습니다. 우리도 살면서 때로는 원해서 또 때로는 어쩔 수 없이 나이와 엇갈리며 산 적이 있었을 겁니다. 그리고 시간이 갈수록 나이를 거스르며 살고 싶어질 겁니다. 한 뼘이라도 젊어지고 싶은 게 우리네 삶의 자연스러운 바람이겠지요. 하지만 제 나이대로 살 수 있는 것이 축복이고 행복입니다. 자기 나이만큼의 울타리에서 싸우고 이겨내고 상처를 입으면서 또다시 도전하는 것이 자신의 삶이기 때문입니다. 빌려 입은 옷처럼 어색하고 부자연스럽고 조심스러워하는 삶이 아니라, 어떤 광고의 문구처럼, 10년이 지나도 처음같이, 1년이 지나도 10년 같이 싱싱하게 사는 것이 소중하다는 것을 이제야 깨닫습니다.

성을 쌓는 사람은 이동하는 사람을 이기지 못한다

성을 쌓는 사람은 이동하는 사람을 이기지 못한다는 말이 있습니다. 성을 쌓는 데는 많은 공이 듭니다. 성은 자신의 영역을 확실하게 보장해주는 공간적 자산입니다. 그 성을 빼앗기란 여간 힘든 것이 아닙니다. 반대로 성 안에 있는 사람에게 성 밖의 세상은 포기하거나 유보해야 할 대상입니다. 지식도 마찬가지인 것 같습니다. 어떤 지식을 익히기 위해서는 해당 개념에 대한 정의를 세워야 합니다. 정의를 나타내는 영어 'define'이라는 단어는 '정의를 내리다'라는 의미뿐 아니라 '제한하다' '울타리 치다'라는 의미도 함께 담고 있습니다. 울타리를 치면 그건 내 영역이지만 너무 밭게 치면 스스로의 영역을 좁게 만들기 쉽습니다.

일찍이 원효는 '대롱으로 보는 어리석음(管見之累)'을 경계했습니다. 가늘고 긴 대롱으로 보는 하늘은 좁은 동그라미 하나에 불과합니다. 넓은 대롱으로, 혹은 대롱을 걷고 보는 하늘은 훨씬 더 크거나 무한합니다. 우리는 뭔가를 소유해야 한다는 강박관념에 사로잡혀 있는 것 같습니다. 자신의 영역을 확보하고 그것을 표시해야만 안심합니다.

나이 들어가면서 영역 확보에 대한 습성은 더 견고해지기 쉽습니다. 그래서 자신의 영역을 빼앗기거나 그 안에 허락 없이 누군가가 들어오는 것을 받아들이기 어렵습니다. 나이 들면 보수화된다는 말은 아마 그래서 생겨났는지도 모르겠습니다. 젊었을 때 그토록 진보적이고 개방적이었던 사람들도 끝까지 그 태도를 유지하는 것을 보기 어렵습니다. 정치하는 사람도 마찬가지고 종교인들도 그렇습니다. 그나마 예술가들은 다른 사람들에 비해 유연합니다. 그것은 그들이 늘 새로운 것을 추구하고 고민하고 자기반성을 하기 때문일 겁니다.

익숙하다는 것은 심리적 부담도, 물리적 부담도 적다는 미덕을 지니고 있습니다. 처음 가는 길보다 되돌아오는 길은 그보다 가깝게 느껴지는 것도 그런 익숙함이 주는 편안함 때문일 것입니다. 그러나 새로운 길에 대한 두려움을 떨치면 그 길이 주는 즐거움을 담을 수 있습니다. 편안함과 두려움 혹은 설렘의 무게는 똑같습니다. 어느 한쪽만 부여잡고 사는 것은 그만큼 자신의 삶을 좁힐 뿐입니다. 나이 들어가면서 지혜로워진다는 것은 이런 자각에서 비롯되는 게 아닐까 싶습니다.

현대를 유목민의 시대(Time of Nomads)라고 부르는 것이 단지 빠른 변화를 의미하는 것만은 아닐 것입니다. 새로운 땅에 대한 동경과 부지런한 탐색이 없으면 살아갈 수 없음을 뜻한다고 봅니다. 진정한 유목민이 되기 위해서는 영토에 대한 미련이나 집착이 없어야 합니다. 이미 이룬 것을 이고 지고 끌고 다녀서는 움직일 수 없습니다. 달랑 말 한 필에 며칠 분의 끼닛거리만 싣고 다닐 수 있는 자유로움이 없으면 유목민이 될 수 없습니다.

마음을 열고 집착을 버리며 기꺼이 제 영역의 확보를 포기할 수 있을 때 삶은 자유로울 수 있고 훨씬 더 역동적일 수 있습니다. 지나온 세월 동안 쌓아올린 성이 어찌 아깝지 않을 수 있겠습니까? 하지만 그것을 과감하게 포기할 수 있을 때 비로소 더 큰 세상이 보입니다. 한 발만 뒤로 물러서서 보면 지금 덮고 있는 그 껍질이 얼마나 얇은 막으로 쌓여 있는지 보입니다. 그러니까 사실 견고하지도 않은 막을 굳센 성으로 착각하며 살아왔을 뿐입니다.

기차가 서지 않는 간이역은 이제 풍경만 저 혼자 머물다 가는 공간일 뿐입니다. 그것은 시간 밖으로 밀려나 형체로만 남은 낡은 간이역입니다. 그저 그 역에 자신의 추억을 묻은 사람들에게만 아름다운 회상으로 남아 있는 공간입니다. 나이가 들어가면 예전처럼 빠르게 내달리지 못합니다. 가는 길도 예전의 직선이 아니라 곡선이어서 느릴 수밖에 없습니다. 그러나 곡선이 아름다운 것은 느려서가 아니라 넉넉한 포용력 때문입니다. 그 포용력은 머물러 있는 것이 아니라 부드러운 속도로 주변의 모든 풍경을 담을 수 있는 지혜입니다. 오지 않을 막차를 기다리는 허망한 희망이나 벗고 간 껍질로만 남는 흔적이 아니라 새로움에 대한 예의와 적당한 속도를 지닌 이중주입니다. 낡은 성에 웅크리고 있는 것은 초가 아까워 어두운 방에서 초를 아끼는 것과 다름이 아닙니다. 두려워서 외면하는 것은 비겁을 포장한 것일 뿐입니다.

해거름에 성 마루에 서서 놀을 감상하기보다는 더 늦기 전에 더 먼 길을 떠나는 용기를 갖고 싶습니다. "길을 따라가지 말고 자신의 발자국을 따라가라. 그것이 길이 될 것이다"라는 폴 윌리엄스의 말은 길을 나서는 이에게 큰 격려가 됩니다. 나이든 유목민도 멋지지 않겠습니까? 나의 영역을 확보해주는 내 성을 다 허물 용기는 없어도 더 이상 높은 담을 쌓는 어리석음은 되풀이하지 않으렵니다. 성문을 활짝 열고 길을 나서 봅니다. 아직은 두렵고 떨리지만 지금이라도 나서지 않으면 영영 그 길을 가볼 수 없기 때문입니다. 아직도 가고 싶은 길이 많이 남아 있기 때문입니다.

작은 것에 대한 관심

과천 식물원에 식충식물(食蟲植物) 특별전을 보러 갔습니다. 벌레들을 잡아먹는 엽기적인 특성과는 달리 모양은 아주 아름다운 것들이 많았습니다. 하기야 아름답거나 향이 뛰어나야 벌레들도 모여들겠지요. 덤으로 수생식물들도 볼 수 있어 가보길 잘했다는 생각이 들었습니다. 크지 않은 전시회라서 생각보다 일찍 다 둘러볼 수 있었습니다. 그 출구가 동물원 입구와 가까이 있어서, 떡 본 김에 제사 지낸다고, 그냥 입장권을 끊었습니다.

동물원에 가본 지 거의 10년도 더 넘은 것 같습니다. 아이들 데리고 많이 다녔던 곳입니다. 그 녀석들 머리가 제 가슴 위쯤 닿을 때가 되면서부터 발길을 끊었으니, 이제 우리 가족에게는 굳어버린 화석처럼 된 곳입니다. 오랜만에 찾은 동물원에는 새로운 동물 식구들이 많이 늘었더군요. 그런데 변함없는 건 여전히 많은 사람들이 사자와 호랑이 그리고 코끼리 앞에 모여 있다는 점입니다.

사람들은 자신보다 크고 강한 동물을 보면 이상한 마음의 위안을 얻는 것 같습니다. 아마 이건 우리가 최고의 존재가 아니라는 깨달음에서 오는 겸허함일 수도 있고 크고 강한 것에 대한 동경과 지향을 포함하는 속물근성 때문이기도 할 겁니다. 사슴의 뿔과 영양의 우아함은 단지 지나가는 눈길로 슬쩍 훑어봅니다. 원앙과 금계의 화려함보다는 독수리의 위용에만 감탄하며 모여듭니다.

꽃도 마찬가지요. 장미나 튤립의 축제 때는 사람들에 떠밀려 이리 밟히고 저리 채이면서도 산책길 여기저기 얌전히 피어 있는 들꽃에는 눈길 한 번 주지 않는 경우가 많습니다. 사람들에 대한 태도도 거기에서 벗어나질 않습니다. 높은 자리에 앉은 사람, 대기업 회장, 최고의 연예 스포츠 스타들에게만 시선이 집중되어 있을 뿐 함께 어깨 비비고 사는 사람들이나 보이지 않는 곳에서 묵묵히 좋은 일 하는 사람들에게는 눈길 한 번 제대로 건네려 하지 않습니다. 그런 습성이 크고 강한 동물, 화려한 꽃에만 사람들이 모이는 세태를 만들어낸 건 아닌지 모르겠습니다.

홍명희의《임꺽정》은 영웅 임꺽정에 대한 집중보다는 주변 사람들과 민초들에 대한 애정을 보였다는 점에서 높이 살 만합니다. 제가 본 책 가운데 가장 소중했던 것 하나가 바로 예전에 '뿌리깊은 나무'에서 펴낸《숨어 사는 외톨박이》입니다. 그 책의 주인공들은 그저 평범한 보통 사람들이다 못해 어떤 이는 사람들의 천시와 냉대를 받으며 숨어 살 듯 지내온 이들입니다. 그들이 그저 넋두리하듯 담담하게 사투리며 독특한 날말들을 써가며 뱉어낸 이야기를 옮겨 적은 그 책은, 잘난 사람들의 매끄럽고 폼 나는 글에 익숙한 사람들에게 적지 않은 충격을 주었습니다. 이제는 고인이 된 한창기 씨의 사람에 대한 겸손한 애정이 있었기에 가능한 책이었습니다. 〈뿌리깊은 나무〉라는 같은 제목의 잡지도 그 겉장에 유명한 배우나 저명인사를 싣는 관행에서 완전히 벗어나 여염 사람들을 담는 파격을 선보였습니다. 그런 책이 군사정권의 눈 밖에 나 맥을 잇지 못한 것은 참 안타까운 일입니다. 나중에 마지막 남은 힘으로 가까스로 펴낸 〈샘이 깊은 물〉도 결국은 문을 닫아 안타까움을 더했습니다.

동물원을 찾는 아이들의 행복한 웃음과 발랄함이, 여전히 코끼리와 사자와 호랑이 우리 앞에만 묶여 있는 모습이 오늘따라 안타까운 건 이미 영웅이 될 수 없는, 그 허황된 꿈을 꾸지도 못하는 중년의 무력감 때문만은 아닌 듯합니다. 작은 것에 대한 관심, 약한 것에 대한 동정, 아름다운 것에 대한 기쁨을 두루 맛볼 수 있는 소박한 삶이 정말 배워야 할 가치라고 믿기 때문입니다.

웅대한 꿈을 간직하고 키우는 것도 좋지만, 때로는 살아가면서 그것이 도달할 수 없는 신기루와 같은 것임을(물론 소수의 사람들은 보란 듯 거기에 다다르기도 하지만) 깨닫고 자신의 처지에 좌절하는 것을 가르치기보다는 눈을 뜨면 자신의 주변에서 쉽게 찾을 수 있는 작은 행복과 아름다움을 가르치는 것을 보고 싶습니다.

뒷산 초입 늪지에 미나리아재비가 함초롬 피었습니다.

휴대전화와 공중전화

10년 넘게 써오던 휴대전화가 결국은 제 수명을 다했는지 자판 하나가 아예 작동하지 않았습니다. 그래도 두 달을 버티며 오는 전화 받고 걸 전화는 일일이 입력된 번호를 검색하여 써왔습니다. 그러나 더 이상은 버틸 수 없어서 새로운 전화로 바꿔야만 했습니다. 옛 여인은 오래 써온 바늘이 부러지자 조침문(弔針文)을 지어 이별을 슬퍼했지만 저는 메마른 성정 때문인지 10년을 버텨준 전화기에 대한 고마움과 아쉬움은 있었지만 슬프진 않았습니다.

전화기는 개통을 했지만 기계를 다시 익히는 데에는 제법 시간이 많이 듭니다. 매뉴얼의 글씨는 왜 그리도 작은지 어쩔 수 없이 돋보기를 써야만 보이는데, 문제는 한참 동안 매뉴얼을 더듬어도 작동법을 쉬 익히지 못한다는 점입니다. 그래도 조금씩 찬찬히 애쓰다 보니 어느 덧 작동법이 익숙해집니다. 한편으로 예전 쓰던 전화기는 저장할 수 있는 전화번호가 백 개에 불과했지만 새 전화기는 천 개가 되니 이걸 언제 다 채우나 싶기도 합니다.

신기하게도 아이들은 매뉴얼을 보지 않고도 어쩜 그렇게 새 기계에 대한 작동법을 잘 아는지 모르겠습니다. 어쩌면 새로운 형질의 유전자나 DNA가 생긴 건 아닌가 하는 의구심이 들 정도입니다. 우리는 책을 보고도 모르는데 이 녀석들은 그냥 본능적으로 이것저것 눌러보며 제가 쩔쩔매던 난제를 너무나 쉽게 해결합니다. 그래도 옥편 찾는 건 제가 그 녀석들보다 훨씬 나은데 도대체 그걸 과시할 기회가 없어서 안타까울 뿐입니다.

예전에 부모님들이 새 기기의 간단한 조작법을 몇 차례나 되풀이해서 물어보며 느끼셨을 절망감과 실망을 떠올려보니 그때의 제 철없는 태도와 무례가 죄송스럽고 후회가 됩니다. 하지만 그때 저는 보리와 밀을 구별하는 게 왜 그리도 어려웠는지. 반면 어른들은 너무나 당연한 듯 쉽게 분간해내시는 것이 신기했는데, 새로운 정보의 습득과 옛 지식의 이해는 그렇게 일정한 간격으로 반복되는 모양입니다.

휴대전화가 처음 생겼을 때부터 사용했으면서도 그것이 일반 전화보다 요금이 비싸다는 강박 때문에 항상 짧고 간단하게 통화를 마치고 얼른 끊어버리는 습관이 배어 있는 저는 수십 분씩 별 중요해 뵈지도 않는 잡담을 쉬지 않고 해대는 젊은이들을 보면 이해할 수 없습니다. 그런데 그 태도는 예전 한 통화 3분에 5원이었을 때 전화 오래 한다며 구박하시던 어른들과 너무나 흡사해서 스스로 깜짝 놀랍니다. 제게는 여전히 통화의 수단에 불과하지만 젊은 세대들에게 휴대전화는 오락과 정보의 창고이기도 합니다. 이제 전화기는 TV와 같은 영상과 인터넷까지 즐길 수 있는 복합기기입니다. 저도 그런 것으로 살까 하다가 통화 수단으로 족하다는 생각에, 그리고 너무 작은 화면 때문에 어차피 눈만 아플 것 같아 생각을 접었습니다. 어쩌면 새로운 것에 대한 어색함일지도 모르겠습니다. 두려움일 수도 있겠지요.

이전 기기가 아예 작동이 되지 않아 사흘 동안 불통이었을 때 처음에는 답답했지만 이틀이 지나면서 너무나 자유롭고 홀가분하다는 느낌에, 아예 이참에 완전히 해지할까 하는 생각까지 했습니다. 그러나 이미 익숙해진 생활방식은 그런 만용을 허락하지 않습니다.

사우나에까지 비닐 봉지에 휴대전화기를 넣어 들어오는 사람들을 보면서 조소의 눈길을 거두지 않았던 것도 그의 절박한 상황에 대한 이해의 부족이었지 싶습니다. 그만큼 휴대전화가 우리 생활의 일부, 아니 신체의 일부처럼 된 지금, 전화 한 통 하기 위해 길거리에서 한참을 찾아야 했던 빨간 공중전화기가 무척 그립습니다. 약속 시간에 맞춰 나타나지 못한 친구를 기다리며 속으로 욕도 하고 혹시 사고라도 나지 않았을까 조바심 내던 그 불편한 시대의 아련함이 그립습니다. 서로 집 밖에 나서면 얼굴을 마주보기 전에는 아무런 통신이 되지 않았던 불편함과 답답함이 이제는 실감도 나지 않지만 그래도 애틋한 그리움으로 남아 있습니다.

줄을 서서 기다리던 공중전화 부스. 앞 사람의 통화가 길다 싶으면 인상을 쓰고 어떤 때는 참다 못해 소리를 지르던 그 모습을 이제 더 이상 찾아볼 수 없습니다. 어느새 공중전화 앞에서 휴대전화를 꺼내 드는 제 모습이 낯설지 않습니다. 시간은 그렇게 우리를 무신경하게 만드는 모양입니다. 다음에는 동전을 준비했다가 공중전화 부스에서 전화를 해봐야겠습니다. 전화 받는 이가 생소한 번호가 뜨는 걸 보고 의아해할 모습을 상상하는 것도 제법 즐거운 것 같습니다.

이 밤에 '메시지 왔다!' 소리치는 전화기가 밉살스러워 전원을 꺼버립니다. 불가근불가원(不可近不可遠). 휴대전화기가 제겐 딱 그겁니다. 그거.

퇴근길의 음악회

엊그제는 광화문 서점에 갔다가 친구를 만나러 친구의 회사에 갔습니다. 퇴근 시간은 지났지만 늘 그렇듯 업무가 끝나지 않아서인지 오마 하던 친구는 곧 내려오지 않았습니다. 마침 1층 로비에 노르웨이 사진작가의 작품이 전시되어 있어서 즐겁게 감상을 했습니다. 그런데 그곳에 사람들이 하나둘 몰려들고 청바지 차림의 젊은이들이 오디오테스트를 하느라 어수선했습니다. 자연스레 눈과 발이 그쪽으로 향했습니다. 로비 한쪽에는 계단식으로 객석이 마련되어 있었는데, 언제든 공연 무대로 바뀔 수 있도록 리모델링을 해놓은 모양입니다.

잠시 뒤 젊은이 네댓이 정말 멋진 목소리로 아카펠라 음악회를 열었습니다. 퇴근하던 사람들은 물론이고 지나던 사람들도 슬그머니

들어와 계단에 삼삼오오 짝지어 그들의 멋진 음악 선물을 만끽하였습니다.

뜻하지 않은 호사에 시간 가는 줄 몰랐습니다. 크지 않은 무대여서 노래하는 사람들이 다른 노래로 넘어갈 때마다 조근조근 이야기도 하고 농담도 하면서 관객들과 호흡하는 모습이 정겨웠습니다. 나중에 들으니 점심 때마다 이 로비에서 음악회가 열리고 저녁에는 한 주에 두 번 가량 열린다고 하더군요. 참 반갑고 고마운 일입니다.

일부러 공연장에 찾아가는 것이 쉽지 않은 직장인들이나 지역 주민들이 편안한 마음으로 멋진 공연을 볼 수 있는 것은 행운입니다. 특히 자기 회사 사람들에게 자부심과 근로 의욕을 고취시킨다는 점에서, 장기적으로 보면 회사에도 이익이 되는 일일 겁니다. 물론 당장의 비용이 적지 않겠지만 홍보비라고 생각하면 대기업에서 그리 큰 부담은 아닐 겁니다.

우리 학교에도 음악과가 있어서 그 학과 학생들의 진로에 대해 평소 관심이 많은 편입니다. 다른 분야도 마찬가지겠지만 특히 예체능 전공 졸업생들의 경우는 진로가 극히 제한되어 있는 것이 현실입니다. 물론 졸업 후에 레슨 등을 통해 생활할 수 있는 여지가 없는 것은 아니지만 그들이 자신의 전공을 전업으로 삼아 살 수 있는 분야는 생각보다 좁습니다.

저는 음악과 학생들이 많이 듣는 수업시간에 꼭 음악 실기만 고집하지 말고 경영학 수업 등을 열심히 들어서 그 분야의 전문가가 되라고 말합니다. 마케팅이나 기획 등의 업무를 익혀서 전공자들이 얻을 수 있는 일자리를 찾아주는 것도 중요합니다. 예를 들어 각 파트별로 구성하여 연습하고 다양한 프로그램을 개발한 뒤 대규모 공장에 찾아가서 점심 시간이나 휴식 시간, 혹은 출퇴근 시간에 연주할 수 있는 기회를 만들어내는 겁니다. 직원 가족들도 회사에 찾아와서 함께 음악을 감상할 수 있도록 하면 더욱 좋겠지요.

그래서 제게는 그날 본 음악회가 남다른 느낌으로 다가왔습니다. 엄숙한 공연장, 가기 힘든 여건과 시간 등의 제약을 털고 생활 속에서 가까이 맛보고 삶의 충전을 얻을 수 있는 기회를 갖는 것이 얼마나 소중한지 모릅니다. 특정한 사람들만의 전유물이 아니라 누구나 조금만 귀를 열고 마음을 열면 삶을 행복하고 따뜻하게 만들어줄 수 있는 예술의 일상화, 대중화는 예술가들에게 더 많은 기회를 줄 수 있습니다. 그래서 더욱 자신의 예술 활동에 전념함으로써 궁극적으로는 문화 발전에도 이바지할 수 있다는 점에서 그날의 연주회는 정말 고마웠습니다. 공연하는 그 젊은이들의 표정에서도 행복을 읽을 수 있었습니다. 그렇게 실력을 쌓고 생활에 대한 걱정을 덜어 자신의 일에 매진하면 언젠가 더 큰 무대에 설 수도 있겠지요.

카프카는 "아름다움을 느낄 수 있는 사람이 진정 삶을 아는 사람이다"라고 말했습니다. 세종문화회관이나 예술의전당만 무대가 아니라 우리 일상의 공간에서 끊임없이 예술의 향기가 묻어날 때 우리의 삶은 한층 더 행복하고 따뜻해질 겁니다. 그 회사의 작은 사랑이 우리 사회 곳곳에 가득 퍼지는 날을 기대해봅니다.

날것으로서의 야성을 위해

우리 동네 목욕탕엔 노천탕이 있어서 가끔 즐기러 갑니다. 지붕이 달린 탕과 네댓 개의 태닝베드와 파라솔 따위가 제법 그럴싸한 운치도 주지만, 무엇보다 실내탕의 답답함에서 잠시라도 벗어나서 자연의 공기를 마시는 게 좋습니다. 비오는 날이나 눈 내리는 겨울이면 그 정취가 온천 휴양지만은 못해도 고급스러운 호텔 사우나보다는 훨씬 윗길입니다.

발가벗고 동네 하천에 뛰어들며 세상 걱정 하나 없이 신나게 물장구치다가 지치면 둑을 쌓은 보릿돌(이걸 요즘은 맥반석이라고 부르더군요) 위에 길게 누워 덜 익은 사과를 베어 물며 쏟아지는 햇살을 받던 그 어린 시절로는 돌아갈 수 없어도 알몸으로 누워 있다가 탕에 들락거리는 건 제법 행복합니다.

학교란 데를 들어가고 난 뒤부터는 누군가에게 벗은 몸을 보이거나 들키면 무슨 큰 죄를 짓는 것처럼 두렵고 부끄러워졌습니다. 어쩌면 그때부터 삶의 허위와 가식과 딱딱함을 입기 시작한 건지도 모르겠습니다. 아마 서양에서 누드 비치가 제법 호응을 얻고 있는 것도 그런 회귀 의식 때문인지도 모르겠습니다. 우리가 호기심으로 엿보고 싶은 것과는 달리 거기에 가는 나체주의자들은 가리는 것, 감추는 것 없이 원초적인 자신의 본성을 만나고 싶어 그렇게 벗는 거라고 짐작됩니다. 하기야 마지노선처럼 여기는 천 쪼가리를 두르고 있을 때에나 몸매를 뽐내기 위해서 해변에서 어슬렁거리는 것이지, 몽땅 다 드러낸 뒤에는 오히려 홀가분하게 타인의 시선을 무시할 수도 있겠다 싶습니다. 어차피 가슴은 처지고 배는 남의 몸처럼 느껴질 만큼 물풍선이 된 마당에 뭘 가리고 감출 게 있겠습니까?

수주 변영로 선생이 예전에 성북동 골짜기에서 만취한 채 비오는 날 소를 타고 알몸으로 삼선교지 혜화동 로터린지까지 나왔다는 걸 무슨 무용담처럼 그의 책에서 말했을 때, 참 이상한 사람이라고, 미쳤다고 혀를 차던 게 다 그 경지를 이해하지 못한 협량함 때문이라는 걸 이제는 조금이나마 알게 된 것 같습니다. 누구나 꿈꾸는, 아니 어쩌면 꿈도 꾸지 못하고, 꿈인지도 모르고 사는 사람들로서는 다다를 수 없는 천의무봉이 아니고서야 어찌 그럴 수 있겠습니까?

중학교 체육 시간에 처음 가본 동대문 스위밍센터의 현대식 풀장이 하나도 부럽지 않았던 것은 강에서 헤엄치던 '날것으로서의 야성'이 거세된다는 저항 때문이었음을 동네 노천탕에서 새삼 깨달았습니다. 발가벗은 상태에서 눈이나 비를 맞을 때 살갗에 닿는 그 알싸한 통증이 집에서 제법 거리가 먼 그 목욕탕으로 향하게 만듭니다. 차마 웃통도 벗지 못하도록 관습과 예법에 익숙해진, 그래서 팔뚝이 그대로 드러난 민소매 차림으로 밖에 나갈 엄두도 못 내고 옷 속에 꼭꼭 감추고 사는 답답함을 털어버리고 싶을 때면 홀러덩 벗은 알몸으로 물에도 뛰어들고 밖에서 어슬렁거릴 수 있는 노천탕을 찾습니다.

살아오면서 두르고 덮고 묶어놓은 것들이 얼마나 많은지 일일이 더듬어볼 수도 없습니다. 옷으로만 덮은 것이 아니라 생각과 규범, 그리고 인습이 만들어온 가치 따위로 치렁치렁 감싸고 덮고 꿰매고 살았습니다. 그 껍질이 조금이라도 벗겨질까 늘 경계하고 두려워하며 살았습니다. 그 껍질을 벗어던진 채 살고 싶으면서도 한 번도 자신 있게 벗겨내지 못한 천형(天刑)처럼 부여안고 여기까지 왔습니다. 그리고 앞으로도 그렇게 살 수밖에 없을 겁니다. 하지만 문신처럼 지워지지 않고 남아 있는 야성이 오히려 나이가 들어가면서 더 진해지는 건 무슨 까닭일까요?

모레 보름에는 달빛이 다시 교교하게 흐드러지겠지요. 가산 이효석이 《메밀꽃 필 무렵》에서 그려낸 경지에는 미치지 못하겠지만 그래도 제법 풋풋한 달빛 쏟아지는 밤이면 노천탕에서 알몸으로 그 달빛을 즐기렵니다. 아직은 겁 많은, 날것의 야성을 달래기 위해.

천렵의 풍경

처서도 지나 제법 바람이 선선한 가을, 반쯤 열어놓은 차창으로 부지런히 스쳐가는 풍경들이 정겹습니다. 휴일 오후 통일로를 지나는 제 차의 행로를 잠깐 꺾어 뚝방길로 이끈 것은 모처럼 만의 반가운 장면 때문이었습니다. 동네 사람들로 보이는 청년 대여섯 명이 천렵(川獵)을 하고 있었습니다. 여름도 지난 천렵이라 더 눈에 띄었던 것 같습니다. 차를 세우고 내려가 한참을 구경하고 있는 저에게 한 청년이 일부러 살림망을 번쩍 들어 보이는데 생각보다 물고기의 종류도 다양하고 마릿수도 적잖았습니다.

예전 같으면 동네 사람들이 하루 날을 잡아 어른 아이 가리지 않고 모두 물가로 나갔을 겁니다. 어른들이 차일(遮日)을 치고 나서 두 겹짜리 그물을 하천 이쪽에서 저쪽으로 가로 쳐놓고 술판을 벌이면, 아이들은 신나게 물에 뛰어들어 헤엄을 즐겼습니다. 한 무리는 투망이나 쪽대 그물을 들고 고기를 잡았습니다. 어른들이나 형들은 깊은 물에서 투망을 쳤지만 아이들은 쪽대 그물이나 집에서 쓰는 채를 들고 수초 있는 곳을 들쑤시며 고기잡이에 열을 올렸지요.

솥을 걸어 불을 지피던 어머니들은 모두를 불러 찐 감자며 옥수수를 나눠주셨지요. 그 감자와 옥수수는 헤엄치고 물고기 잡느라 출출해진 우리의 배를 행복하게 해주는 최상의 간식이었습니다. 차일 아래에서는 어른들의 거나한 술판이 벌어졌습니다. 배를 채운 아이들이 또다시 물로 뛰어들어 신나게 놀고 나면 술판을 잠시 접은 어른들은 아까 쳐놓았던 그물을 수습합니다. 풍덩거리며 떠들어대는 아이들 때문에 갈팡질팡 이리저리 내빼던 큰 고기들이 두 겹짜리 그물에 가득 걸린 채 끌어올려지면 아이들은 환호를 질러 대며 물고기를 담기에 바빴습니다.

걸어놓은 솥에는 걸쭉한 어죽이 끓고 방금 반죽한 수제비가 동동 떠 사람들의 입맛을 당깁니다. 멀리서 헤엄치는 아이들의 코에까지 번지는 거부할 수 없는 그 냄새는 모두를 물에서 나와 솥으로 달려가게 합니다. 동네 형 동생들이 마치 한 집안 형제들처럼 오무레조무레 모여앉아 대접 한 가득 담긴 어죽 수제비에 코를 박고 먹습니다. 옆집 앞집 뒷집 건넛집 모두가 한 가족처럼 하루를 즐겼던 천렵의 추억이 박하처럼 또렷하게 떠오릅니다. 하지만 이제는 찾아보기 힘든 풍경이 되었습니다.

동네 청년들은 만족할 만큼 고기가 잡혔는지 돌아갈 채비를 했습니다. 그나마 그 기쁨을 그들의 아들들도 맛볼 수 있을지 모르겠습니다. 서로가 사는 일이 다르고 바빠서 함께 모이는 것도 힘들거니와 설령 시간이 난다 해도 한날 물고기 몇 마리 잡자고 솥단지 끌고 가족과 이웃들이 다 물가로 나올 일도 없을지 모릅니다. 다행히 물은 다시 예전처럼 조금씩 맑아지고 그 물에 사는 물고기들의 어종도 예전만큼은 못해도 제법 다양해졌지만 마음만은 조급하고 각박해지고 있기 때문입니다.

그래도 아직은 시골 인심이라는 게 도회의 그것보다는 넉넉하고 이웃의 정도 훨씬 다북합니다. 숨 못 쉬는 시멘트 벽에 갇힌 도회 사람들의 삶과는 비교가 되지 않습니다. 옆집에 누가 사는지 모르는 채 여러 해 벽을 맞대고 사는 경우도 허다합니다. 이렇게 말하는 저도 이사 온 지 벌써 석 달이 지났는데 옆집 가족들과 정식 인사도 나누지 못했습니다. 그저 눈인사로 어색하게 고갯짓을 할 뿐입니다. 예전과 달리 어울리고 섞일 일이 더 없는 까닭이겠지만 마음을 열지 못하는 허물이 더 크겠지요. 천렵이라도 한다면 이 어색한 낯가림이 있을 수도 없을 텐데, 그 짜릿한 추억이 그립습니다.

세월의 결을 따라 산다는 것

최근 〈부에나 비스타 소셜 클럽Buena Vista Social Club〉의 이모저모를 담은 DVD를 보았습니다. 여러 해 전 일본에서 공연한 그들의 한국 공연이 끝내 무산되어 안타까웠던 기억이 있는데 이 DVD를 보면서 그때의 아쉬움을 달랠 수 있었습니다. 이제는 핵심 멤버들 가운데 여럿이 세상을 떠나 다시는 볼 수 없게 되었지만 말입니다.

쿠바 음악의 진수를 보여주는 이 팀은 고정된 팀이 아니라 일종의 프로젝트 팀입니다. 그러나 진정 그들의 음악이 우리에게 주는 감동은 음악 자체뿐 아니라 그들의 삶의 역정들 때문에 훨씬 더 진하고 오래 갑니다. 라이 쿠더라는 음악가 겸 프로듀서는 평소 쿠바 음악을 좋아하며 쿠바에 몇 차례 다녀오기도 했답니다. 우연한 기회에 아프리카 음악인들과 쿠바 음악인들이 함께하는 프로젝트를 마련했는데 일이 잘 되지 않아 아예 쿠바 음악인들로만 구성한 음악을 위해 잊혀진 연주가들과 가수들을 수소문하기 시작합니다. 이 사람들이 예전에 연주했던 곳이 바로 부에나 비스타 소셜 클럽이라는 사교장이었습니다. 라이 쿠더는 한 사람씩 찾아다닙니다. 오랫동안 그를 매료시켰던 류트의 달인 베베토를 만났고, 아흔 살이 다 된 콤파이 세군도, 일흔의 나이지만 여전히 영혼을 적시는 음성의 소유자 이브라임 페레, 피아노의 달인이자 여든이 넘은 루벤……. 이 사람들은 모두 뿔뿔이 흩어져 각자의 삶을 살고 있었습니다. 쿠바의 가난 속에서도 이들은 묵묵히, 그러나 세상을 원망하지 않으며 살고 있었습니다.

그들을 다시 불러 모았을 때 양로원 밴드가 될 거라는 상상은 아예 발을 붙이지 못했습니다. 그들에게는 사라지지 않은 열정이 그대로 이글거리고 있었고, 음악 자체에 대한 애정은 변함이 없었습니다. 무엇보다 그들의 음악은 그동안 겪어낸 세월의 무게를 고스란히 담고 있는, 무엇과도 비교할 수 없는 연륜이 깊게 배어 있었습니다.

피아노를 더 이상 칠 수 없는 상황에서 루벤은 관절염 때문에 피아노를 치지 못한다고 둘러대는 것으로 자존심을 지켰고, 이브라임 페레는 구두를 닦거나 온갖 허드렛일을 하면서 겨우 삶을 지탱하고 있었습니다. 이러한 사람들이 모였을 때, 음악을 다시 할 수 있다는 행복은 그 어떤 것보다 소중했습니다. 이들의 음악에 각자가 견뎌야 했던 삶의 질곡들까지 고스란히 녹아 위대한 아름다움으로 승화되었습니다. 마침내 이들이 진용을 갖추고 암스테르담에서 공연했을 때 관객들은 매료되었습니다. 감동과 흥분은 이들과 관객들을 하나로 묶었습니다.

이브라임 페레의 음성은 그가 겪어온 삶의 매듭과 옹이들이 얽히고 맺히지 않으면서도 그 역정을 그대로 담아내고 있어서 들을 때마다 영혼 깊숙한 곳에서 되울림됩니다. 그냥 들었을 때와 그들의 삶을 엿본 뒤의 감동은 그렇게 달랐습니다. 이들이 부르던 음악을 또 누군가도 따라 연주하겠지요. 그러나 이들이 주는 감동과는 분명 다를 겁니다. 왜냐하면 삶의 깊이와 너비가 다르기 때문입니다. 음악에 대한 열정, 고단한 삶에 대한 겸손한 감사, 함께하는 동료들에 대한 애정이 담겨 있기에 이들의 음악을 듣고 있으면 저절로 삶에 대한 경외가 다가옵니다.

삶의 무게를 고스란히 담는다는 것은 쉬운 일이 아닙니다. 그래서 제 나이를 산다는 것이 힘들지만 소중한 것 같습니다. 카네기 홀 공연을 위해 꿈에 그리던 뉴욕에 처음 가본 이 노인들이 엠파이어스테이트 빌딩 전망대에서 보여주는 천진함은 눈앞에 당도한 시간을 온전히 살아낸 그들의 내재적 힘을 그대로 드러냅니다.

하루하루를 감사하며 살아 있다는 것 자체를 즐기는 질박함이 아흔의 나이에도 멋진 저음으로 사람들을 감동시키는 힘입니다. 무리하거나 억지를 부리지 않고 세월의 결을 따라 산다는 것이 얼마나 위대하고 소중한 것인지 이 사람들을 통해 배울 수 있었습니다.

한 장면 한 장면이 마티스를 연상시킬 만큼 인상적인 이 필름은 빔 벤더스라는 위대한 감독으로 인해 더욱더 감동적으로 그려졌습니다. 그러나 제 눈에 가장 인상적인 사람은 바로 라이 쿠더입니다. 모든 사람이 열광하는 음악을 멋지게 부활시킨 이 사람은 함께 연주하며 자신을 드러내거나 뻐기지 않고 오로지 이들과 함께 음악을 할 수 있다는 사실에 감사해하며 더불어 즐기는 것으로 행복해 합니다. 이 사람의 열정과 겸손이 없었다면 우리에게 〈부에나 비스타 소셜 클럽〉의 감동은 불가능했을 겁니다. 조연(助演)이 더 소중하다는 것 또한 이 필름에서 얻은 깨달음입니다.

아날로그와 디지털 세계와의 동거

요즘은 누구나 카메라를 '지니고' 삽니다. 휴대전화에는 카메라가 내장되어 있어서 급한 대로 이것저것 찍어서 담을 수 있습니다. 그뿐 아니라 손바닥만 한 디지털 카메라는 작은 가방이나 주머니에 넣고 언제 어디서나 꺼내 들 수 있습니다. 젊은 친구들은 식당에서 맛있는 음식이 나오면 젓가락을 대기 전에 사진으로 먼저 담아둡니다. 현상소에 가서 인화할 필요 없이 그대로 컴퓨터에 저장해 언제든 찾아볼 수 있고 심지어 멀리 다른 나라에 사는 사람들에게까지 보낼 수 있습니다.

이러다 보니 아날로그 카메라는 그야말로 무용지물이 되거나 천덕꾸러기 신세로 전락하고 말았습니다. 필름을 일일이 사서 넣고, 인화하기 전까지는 확인할 수 없었던 불편함이 빠른 속도로 아날로그 카메라를 구석으로 몰아냈습니다.

그래도 향수를 가진 사람들은 여전히 있어서 모양도 그렇고 작동법까지 옛 카메라의 모습을 그대로 간직한 디지털 카메라가 시판되려는 모양입니다. 셔터를 누르면 예전 카메라처럼 '찰칵'하는 귀여운 소리도 나고, 심지어 필름 와인더까지 달려 있어서 '드르륵'소리까지 나는 게 영락없는 아날로그입니다. 그래서 '디지로그' 카메라라는 이름까지 붙은 모양입니다. 하지만 아무리 무늬를 여러 겹 입혀놓아도 그건 디지털 카메라일 뿐입니다. 기술의 발전은 이제 향수마저도 마케팅의 일환으로 바꿔놓고 있지만 그것도 그리 오래 갈 것 같지는 않습니다.

삶의 변화는 세상의 모습도 순식간에 바꿔놓았습니다. 전당포가 이미 사라졌고, 이제는 그 흔하던 '퀵 포토샵'도 찾아보기 어렵게 되었습니다. 며칠 전에는 작년에 찍었던 증명사진을 뽑으려고 필름을 들고 나섰는데 학교 주변을 한 시간 가까이 헤맨 끝에 겨우 현상소를 찾을 수 있었습니다. 예전의 분주함은 온 데 간 데 없고 커다란 기계만 한가로이 먼지를 이고 있는 한적하고 모습이었습니다. 앞으로 그곳도 사라지리라는 아쉬움이 들었습니다. 우리를 흥분시켰던 많은 것들이 그렇게 미처 작별인사도 건네지 못한 채 쓸쓸하게 퇴장하고 있습니다.

예전에는 사진을 현상소에 맡기면 다음날 찾으러 갈 때까지 궁금함과 기대와 설렘을 맛보았습니다. 시간이 지나면 살짝 변색되어 시간의 흐름을 알 수 있었던 옛 사진의 정취도 이제는 맛보기 어려울 것 같습니다. 앨범에 담아두었다가 가끔 꺼내보는 사진은 이제 사라지고 언제든 컴퓨터만 켜면 예전 모양과 색상 그대로 재생할 수 있는 '파일'이 남았습니다. 예전에는 기껏해야 사진사 아저씨의 실력과 선심으로 '트리밍'정도면 감지덕지였는데, 이제는 누구든 '포샵'이라는 신조어가 낯설지 않을 만큼 원하는 대로 분위기까지 바꿀 수 있습니다.

시간과 기술을 거스르며 살 수는 없겠지요. 하지만 그것으로 도저히 되살릴 수 없는 향수며 따뜻함은 아쉽습니다. 저도 손바닥에 쏙 들어가고 휴대용 계산기만큼 납작해진 디지털 카메라를 사려고 홈쇼핑이나 인터넷쇼핑 여기저기를 두리번거리고 있습니다. 아직 조리개를 여닫음에 따라 달라지는 사진기법에 대한 호기심과 가방 가득 촬영도구를 담아 떠나던 출사(出寫)의 흥분이 생생해 망설여집니다.

제법 묵직해서 목에 걸면 뒷목이 뻐근해지는 카메라를 가끔 꺼내어 필름 몇 통을 여분으로 담아 안개 자욱한 아침 숲이나 호수에 나가볼 생각입니다. 조리개를 닫았다 열었다 할 수 있는 모든 옛 기법 다 들춰서 때로는 흑백사진에 가깝게도 찍어보고 교교한 달빛이 쏟아지는 처마며, 가산(可山 이효석)이 소설에서 소금을 뿌려놓은 듯하다고 묘사한 메밀밭이며, 바람에 이리저리 흔들리는 대청도 보리밭도 찍어볼 생각입니다.

줄달음치는 변화를 묶어둘 수는 없지만, 그래도 지금까지 내 삶을 풍성하게 해줬던 것들에 대한 마음만은 아직 채 거둬들이지 못하겠습니다. 이 나이쯤의 세상은 쇼룸과 박물관이 함께 어우러진 묘한 동거인 것만 같습니다. 자칫 이도 저도 아닌 어정쩡함으로 남을지도 모르지만, 그래도 아날로그 세계와 디지털 세계에 양다리를 걸치고 사는 것도 곡예하듯 즐거운 일이라고 자꾸만 스스로에게 세뇌시키는 어설픈 중년입니다. 지금도 자꾸만 디지털카메라 카탈로그를 뒤적이고 있습니다.

필연의 만남

어렸을 때 구슬치기 많이 했습니다. 그때 가장 부러운 것이 쇠구슬이었습니다. 유리구슬로 아무리 쳐도 끄떡없는 데다 슬쩍 건드리기만 해도 유리구슬을 저만치 날려버리는 그 힘이 어린 제게는 엄청 대단한 것으로 보였습니다. 본디 쇠구슬은 자동차 베어링으로 쓰여서 집에서 공업사를 하는 친구에게 유리구슬 수십 개와 맞바꿔 얻곤 했습니다. 그러면 기분이 얼마나 좋았는지 잠을 제대로 이루지 못할 정도였습니다. 그런데 그렇게 얻은 쇠구슬을 잃어버린 적이 있습니다. 얼마나 울었는지 모릅니다. 다시 갖고 싶었지만 또다시 잃어버리거나 빼앗기면 겪을 슬픔 때문에 끝내 다시 갖지 못한 보석이었습니다.

꼭 한 해 전 오늘 그런 보석을 잃었습니다. 마지막으로 보고 싶어

한다는 친구 아내의 급한 연락을 받고 병실을 찾았을 때 그는 아주 가쁜 숨을 몰아쉬며 행복하게 웃었습니다. 아무 말도 하지 못했습니다. 아니 할 수가 없었습니다. 이미 떠날 것을 알고 있는 마당에 서로 딱히 할 말을 찾을 수 없는 까닭이었습니다. 마지막 해후를 누워서 맞을 수 없다며 힘들어하면서도 끝끝내 앉아 있는 그의 모습이 너무 아팠습니다.

그를 처음 본 것은 부대 성당에서였습니다. 둘 다 스물여섯에 늦된 군대 생활을 하느라 힘들었기 때문인지 금세 친해졌습니다. 저는 원래 숫기가 없어서 처음 보는 사람과 쉽게 너나들이를 하지 못하는 편인데, 환경 때문인지 우리는 쉽게 말을 놓으며 가까워졌습니다. 군종병이던 그가 제가 근무하던 군수과에 성당에서 필요한 기름을 청구하러 찾아오면 괜히 반가워 수다를 떨다가 선임하사한테 늙은 녀석들끼리 바람났다고 핀잔을 듣곤 했습니다.

그에게는 부유하고 명민한 사람들이 흔히 갖기 쉬운 오만함이나 편견이 전혀 없었습니다. 너무나 맑아서 함부로 대할 수 없는 성정이었고 누구에게나 따뜻하고 명랑하게 대했습니다. 언젠가 지나가는 말로 건즈앤로지즈의 어떤 노래가 정말 좋은데 요즘 들을 수 없어서 아쉽다고 했더니 며칠 뒤 그 테이프를 찾아서 주었던 친구입니다. 농담도 잘 해서 우리는 몇 시간이건 이야기하며 깔깔거리느라 시간 가는 줄 몰랐습니다.

그 뒤 서로 각자의 생활 때문에 자주 만나지 못했고 그나마 가끔 만나던 것도 그가 해외로 나가면서 어려워졌습니다. 돌아와서 다시 만났을 때 그가 건넨 것은 자연과의 조화로운 삶을 살았던 헨리 데이비드 소로의 책이었습니다. "작년에 미국 서점에 들렀다가 자네 생각 나서 사뒀던 거야." 부끄러운 듯 내미는 그의 손이 너무 고마워 미처 손을 맞잡지 못했습니다.

자유롭게 살고 싶어 숲으로 갔지.
허투루 살지 않고 모든 삶을 다 헤아리고 싶었어.
삶이 아닌 건 모두 떨쳐버리고
삶이 다했을 때, 헛되게 살지 않았다고, 후회하지 않으리.

제대하기 바로 전 겨울, 연탄 창고 앞에서 부스러기 땔감으로 모닥불을 지펴놓고 소로에 대해 이런저런 이야기를 나눴던 것을 기억했던 모양입니다.

두 해 전 갑자기 그가 암에 걸렸다는 말을 남 이야기 하듯 전화로 말했을 때 저는 전화기를 떨어뜨릴 뻔했습니다. 암센터에 들른 길이라며 잠깐 보자는 연락이 와서 만사 제치고 카페에서 만났을 때 깜짝 놀랐습니다. 이미 한 해 전에 암을 발견하고 치료 중이었는데 제게 말을 하지 않았던 겁니다. 이전의 풍성한 체격이 아니어서 못 알아볼 뻔했습니다. 그러면서도 자신은 조기에 발견해서 다행이라며 오히려 제 아내를 걱정하고 위로했습니다. 그러나 한 해를 가까스로 넘기고 삶을 마감하고 말았습니다.

마지막 해후였던 그 병실에서 그가 한 말을 잊지 못합니다.

"자네가 있어서 내 삶이 행복했어. 고맙네. 한참 뒤에 또 보자구."

재작년에는 그의 부모님께 성탄 카드를 보냈습니다. 그러나 작년에는 보내지 못했습니다. 제가 보내드린 카드가 가슴에 묻은 아들에 대한 아픈 회상이 되어 겨우 아문 상처를 덧낼까 두려웠습니다. 올해는 다시 카드를 보내드리겠다 다짐하지만, 글쎄 자신은 없습니다.

무심하게도 그가 떠난 지 꼬박 한 해가 지났는데 그를 생각했던 적은 거의 없었습니다. 제가 무딘 탓인지 시간의 미덕인지는 모르겠지만 아마도 어렸을 때 그 쇠구슬을 잃었을 때 다시 얻으려 하지 않았던 제 소심한 아픔 때문이었던 것 같기도 합니다.

이제는 이런 상실의 아픔을 겪고 싶지 않습니다. 그게 삶의 어쩔 수 없는 필연이라 하더라도 너무 이른 별리(別離)는 당분간 괄호 속에 묶여 있으면 좋겠습니다. 오늘 다시 그가 건넨 소로를 꺼내어 읽습니다.

간판쟁이와 구본웅, 그리고 이상

세상에 태어나 제가 가장 먼저 배운 글자는 '상회(商會)'였습니다. 제가 아주 어렸을 때 저희 집 건넛집에 세들어 사는 분이 간판을 그리는 사람이었습니다. 아마 네댓 살쯤이었던 것 같습니다. 아버지 손 잡고 시내를 돌아다니다 보면 앞 글자는 늘 달라서 모르겠는데 뒤 글자는 대부분 같았습니다. 하루는 그 아저씨가 간판 그리는 것을 보고 쪼르르 달려가 구경을 하고 있었는데 어김없이 그 낱말이 있었습니다.

"아저씨, 저게 무슨 글자예요?"

혼자 사시던 아저씨는 평소 저를 귀여워해주셔서 가끔 사탕도 사주고 노래도 불러주셨는데, 특히 저녁에는 멋진 아코디언 연주로 우리를 매료시켰습니다. 그분은 어린 제가 귀찮지도 않은지 일일이 대답해 주셨습니다.

“이건 말이다, ‘개성상회’라는 글자야.”

앞 글자는 잘 모르겠지만 뒤는 늘 보던 글자라서 쉽게 익혔습니다. 그 아저씨는 한글도 가르쳐주셨습니다. 그러던 어느 날 아버지와 함께 시내에 갔다가 ‘무슨 상회’라며 간판을 읽었더니 놀란 아버지는 그날부터 천자문을 가르쳐주셨습니다. 그렇게 한글과 한자를 함께 배웠습니다. 이제는 ‘○○상회’라는 간판은 찾아보기 어렵습니다. 그래서 시골을 지나다 그런 간판을 보면 얼마나 반가운지 모릅니다. 더불어 그 아저씨가 생각납니다.

너무 오래된 일이라서 지금은 아저씨 생김새도 기억나지 않지만 이상하게도 그분의 목소리는 기억납니다. 이야기를 참 잘하셨는데 어느 날은 자기 친구 이야기를 해주셨습니다. 나중에야 안 건데 그 친구는 구본웅이라는 화가였습니다. 아저씨도 아마 화가였던 것 같습니다. 생계를 위해 간판을 그리고 있었지만 그분의 방에는 간판과는 다른 그림들이 있었습니다. 구본웅은 파이프를 문 작가 이상의 초상화를 그렸던 화가입니다. 척추장애를 가졌던 그는 이상과 가장 가까운 친구였다고 합니다. 사람들의 냉대 속에서 불우하게 살다간 예술가였습니다.

그 아저씨를 통해 이상(李箱)의 ‘이상한’ 삶도 들었고, 이해하기 힘든 그의 문학에 대해서도 들었습니다. 그러나 뭔가를 알 수도, 이해할 수도 없었던 나이였습니다. 그런데 그 아저씨가 말하던 그 이상이 중학교에 가니 교과서에 나왔습니다. 얼마나 반갑고 기뻤는지 모릅니다. 그래서 당시 고은 선생이 쓴 《이상 평전》을 읽었습니다. 중학교 1학년이 읽기에는 버거운 책이었지만 간판을 그리던 그 아저씨가 해주셨던 이야기들이 가득 들어 있어서 전혀 낯설지 않았습니다.

뚝방길을 손 잡고 걸어가며 해주던 온갖 이야기들이 잔상처럼 스쳐 지나갑니다. 어깨까지 내려오는 치렁치렁한 머리카락 때문에 사람들의 눈총을 받던 아저씨였습니다. 그저 간판쟁이에 불과한 사람이었고 그렇게만 대접 받던 사람이었습니다.

어쩌다 부르는 김상국의 〈불나비 사랑〉도 그 아저씨가 아코디언 연주를 하며 가르쳐준 노래였습니다. 식구들은 여섯 살배기 어린 놈이 유행가 부른다고 못마땅하게 여겼지만 그 노래는 그 아저씨와 저를 동지처럼 엮어주는 일종의 교가 같은 것이었습니다.

그는 어린 저를 친구처럼 동지처럼 대해줬습니다. 저도 그 아저씨가 주는 사탕에 끌린 게 아니라 그가 준 사랑에 끌렸던 것 같습니다. 아침만 먹으면 쪼르르 길 건너 아저씨 작업장에 달려갔습니다. 아저씨는 제자리를 마련해주고 글자도 가르쳐줬습니다. 어쩌면 아저씨는 저를 심심함과 무료함을 덜어줄 꼬마친구라고 여겼던 것 같습니다. 그는 사람은 나이가 많건 적건 똑같은 사람이라는 말을 했습니다. 맑은 눈을 가진 아저씨였습니다.

그러다가 학교에 들어가고 곧 이사를 가게 되었습니다. 그렇게 헤어졌는지, 아니면 아저씨가 먼저 우리 동네를 떠났는지, 이제는 전혀 기억이 나지 않습니다. 그러고는 어린아이들이 대개 그렇듯 금세 잊어버렸습니다. 교과서에 나오는 이상을 볼 때도 감동이나 기억이 조금씩 열어졌습니다. 그렇게 그 아저씨는 제게서 거의 사라졌습니다.

그런데 엊그제 현대미술관에서 구본웅의 작품을 우연히 만났습니다. 잊고 있었던 그 아저씨와 작가 이상이 함께 나타났습니다. '개성상회' 간판을 그리며 아코디언을 멋지게 연주하던 그 아저씨는 지금 어디에 계신지, 살아 계신지, 아니면 그 친구를 만나러 하늘 나라에 가셨는지 궁금해집니다.

함께 갈 수 있다면

가끔은 유명한 선사들의 이야기를 읽어봅니다. 일상에 지쳤을 때 이분들의 선문답이나 에피소드들을 읽으면 여유와 반성을 함께 곰삭힐 수 있어 좋습니다. 선우화(禪偶話) 한 토막.

어느 고명하신 스님 한 분이 아침 예불을 끝내고 산책을 하다가 연못을 내려다보았는데 거기에는 지옥에 떨어진 많은 악한들이 우글거리고 있었답니다. 한 젊은이가 눈에 띄기에 "자넨 어쩌다 악행을 많이 범하여 이곳에 있누?" 하고 물으셨답니다. 그랬더니 부모에게서도 버림받고 사회로부터 냉대받는 등 온갖 서러움과 멸시 속에서 살다 보니 그리 되었노라고 한탄하더랍니다. 그래서 스님께서 혹시 한 가지라도 선행을 하였다면 도와줄 양으로 "혹 살면서 착한 일 한 건 없더냐?" 하고 되물으셨답니다. 그 청년은 이리 고민 저리 궁리를 하더니 어느 날 아침 거미 한 마리가 자신의 발치에 기어 온 것을 보고 밟아 죽일까 하다가 불쌍해서 살려준 적이 있노라고 대답했답니다.

스님은 그 거미를 불러 지옥으로 거미줄을 내려주라고 하고는 그 청년에게 그 거미줄을 잡고 올라와 지옥에서 벗어나라고 했답니다. 반갑고 기쁜 마음에 청년은 냉큼 그 줄을 잡고 씩씩거리며 올랐답니다. 제발 끊어지지 말아달라고 빌고 또 빌면서. 거의 지옥을 벗어났을 때였답니다. 가느디가는 그 줄이 걱정되어 아래를 내려다보았더니, 글쎄 수많은 사람들이 그 줄을 잡고 줄줄이 올라오는 게 아니겠습니까? 청년은 기겁을 하고는 "이 줄은 내 꺼야, 내 꺼라구!" 외치고는 아래 매달려 있는 사람들을 떨어뜨리려고 줄을 흔들었답니다. 결국 줄은 끊어지고 모두 다 다시 지옥으로 떨어지고 말았답니다. 물론 그 청년도 함께.

이 우화를 읽고 또 읽어도 그 청년이 저 자신인 것만 같아 부끄러워 어디 숨고만 싶은 심정입니다. 우리는 가끔 하늘이 내려준 구원의 끈도 다른 이와는 함께 나눌 수 없다고 생각해서 매달린 사람들에게 발길질을 하거나 줄을 흔들어 떨어뜨리려 애쓰며 사는 것 같습니다. 어떤 경우는 친구나 동료에게도 그렇습니다. 그래서 또 그 줄을 흔들지요. 그렇게 우리는 상처를 받고 반목과 질시를 거듭하는 악순환에 빠져듭니다. 어느 공동체에서건 드물잖게 일어나고 있는 유치와 어리석음의 본보기 아닐 수 없습니다.

사랑도 그런 것 같습니다. 사랑에 빠져 있을 땐 서로 마주보고 있기만 하여도 세상 부러울 것 없습니다. 눈을 깜빡이는 것조차 아까울

지경이지요. 그러나 평생을 그리 살 순 없는 노릇입니다. 참된 사랑이란 믿음과 희망을 함께 나누며 같은 삶의 길을 함께 손 잡고 걷는 거지요. 그저 손을 잡은 것만으로도 서로의 존재에 대한 신뢰와 사랑을 듬뿍 느끼면서. 그러다가 가끔 힘들면 마주 앉아 쉬며 서로를 격려하고 사랑으로 힘을 실어주는 거 아닐까요?

삶이란 별거 없습니다. 우리 모두 손을 내밀어 내 옆에 있는 사람을 내 삶으로 끌어안으며 길을 함께 갈 수 있다면 그것으로 충분하지 않겠습니까? 거미줄은 모든 사람이 매달려도 끄떡없답니다. 아니 많으면 많을수록 더 질기고 튼튼해지는 그런 줄입니다. 다른 사람 먼저 올려 보내고 내가 가장 나중에 그 줄에 올라가야겠습니다. "먼저 올라가세요." 제가 먼저 건네고 싶은 인사입니다. 손을 잡으면 마음까지 이어지는 사랑으로.

반가운 희망의 전화

연이은 두 개의 수업을 마치고 거의 탈진한 상태로 연구실에 앉아 있는데 한 통의 전화가 저를 깨웠습니다. 지난 학기 등록을 하지 못하고 휴학한 학생의 전화였습니다. 반갑기도 하고 우울하기도 했습니다. 다음 학기에도 복학을 못할 것 같다는, 그러나 그다음 학기에는 꼭 복학을 하겠노라는 내용이었습니다.

그 학생은 고아입니다. 이런저런 사정으로 고등학교를 가지 못했지만 대학에 가고 싶다는 열망을 버리지 않으며 온갖 일을 하면서 검정고시를 치르고 끝내 대학에 들어온 인간승리의 장본인이었습니다. 하지만 한 해를 다니면서 가까스로 모아놓은 돈도 생활비와 등록금으로 바닥이 났고, 그토록 갈망하던 대학에 막상 들어오니 기대했던 것에 미치지 않아 적잖이 실망하고 굴곡도 겪은 모양입니다. 더 이상 견뎌낼 형편이 못된다며 휴학하겠다고, 복학할 생각도 없다고 말해서 저의 마음을 아프게 했습니다.

제가 기껏 할 수 있는 말이라고는 통나물 시루 이야기뿐이었습니다. 햇빛도 가리고 하루에 한 번 주는 물도 밑 빠진 독처럼 다 새나가는 시루. 어쩌면 콩은 화도 나고 실망할지 모르지만 열흘 지나면 이미 키가 훌쩍 자란 콩나물이 되는 것처럼, 성급하게 판단해서 대학에서의 배움이나 생활에 실망하지 말고 견뎌보라는, 맥 빠진 말밖에는 해줄 수 없었습니다.

학기 초 상담하면서 그의 형편을 알았던 터라 이리저리 도움을 줄 수 있는 방도를 찾아봤지만 소용없었습니다. 이전에도 이런 형편의 학생들에게 작은 도움을 주었던 적이 있어서 백방 알아봤지만 워낙 경기가 좋지 않은 탓인지 이번에는 제대로 마련해주지 못했습니다.

그동안 고마운 선배 한 분이 자신이 도와줄 수 있는 학생이 있으면 알려달라 하기에 동창 몇 명의 도움을 더해서 등록을 시켜준 적이 있었습니다. 그리고 그 학생들에게는 누가 도와주었는지 알려고도 갚으려고도 하지 말고 나중에 능력이 되면 같은 방법으로 후배들에게 도움을 주라고 했습니다. 그중 한 학생은 벌써 졸업을 해서 많지는 않지만 등록금 반을 보태주며 자신을 도운 분들의 마음을 알게 되었다고 인사를 와서 제가 얼마나 기뻤는지 모릅니다.

그런데 이번에는 어디 손 벌릴 데가 없었습니다. 하기야 제 코가 석 자라고 저 자신부터 늘 쪼들려 사는 형편이 되고 보니 선뜻 나서기가 어려웠습니다. 아무 도움도 줄 수 없는 제 처지만 한탄할 뿐이었습니다.

그 친구는 지금 공장에 다니고 있다고 합니다. 마음 아팠지만 그의 목소리에는 다시 찾은 활기와 희망이 담겨 있었습니다. 이번 학기는 돈이 충분하지 않아 못했지만 다음 학기에는 반드시 복학해서 졸업하겠다는 다짐이 얼마나 고마웠는지 모릅니다.

가난 구제는 나라도 못한다지요. 하지만 굶어 죽기는 정승 하기보다 어렵다는 말도 있습니다. 살아 있다는 사실이 고마운 것은, 살아 있는 한, 그리고 꿈이 있는 한 현재의 좌절과 역경은 반드시 이겨낼 수 있기 때문인 것 같습니다. 저도 최근 겪은 힘든 일 때문에 버거워하고 원망한 적이 많았습니다. 속으로 삭이기도 하지만 쌓이면 병이 날 것 같고, 풀자니 방도는 없어서 이러지도 저러지도 못하고 씩씩거리며 살았습니다. 그러나 지금 열심히 공장에서 땀 흘리며 힘들게 살면서도 다시 돌아가 대학을 마치고 더 나은 삶을 살겠다는 제자의 말이 저를 부끄럽게 합니다.

오늘 그 희망의 전화는 죽은 줄 알았던 나무에서 새순이 돋는 것을 볼 때처럼 반갑고 고마웠습니다. 이런 친구들을 원 없이 도와줄 수 있으면 좋겠습니다. 앞으로 돈을 많이 벌었으면 좋겠습니다. 저도 어쩔 수 없는 속물인 모양입니다.

겨울을 맞는 나무의 지혜

단풍이 곱게 번지기 시작합니다. 이곳 일산은 호수공원을 끼고 당단풍 가로수가 길게 늘어서 있어서 가을을 만끽하기에 그만입니다. 애기손 단풍의 소담한 자태에는 미치지 못하지만 그래도 쑥쑥 키 자람에, 해마다 다른 당당함이 가을의 정취를 담기에는 모자람이 없습니다.

언제부터인지 가을 단풍이 마냥 반갑지만은 않습니다. 아마 40대 중반을 넘기면서 그랬던 듯합니다. 이전에는 가을이 되면 결실이니 단풍이니 하며 계절을 만끽하는 일에 소홀하지 않으며 살았는데 나이 들어갈수록 또 한 해가 덧없이 지나가고 있구나 하는 것을 시각적으로 느끼는 일이 싫어졌습니다. 차라리 잘 참지 못하는 더위가 푸른 숲의 충만함 때문에 더 견딜 만합니다. 선선한 바람이 불고 들녘은 황금 물결로 넘실대다가 한순간 서리가 내리면서 거리의 가로수며 숲의 나무들이 일제히 옷을 벗습니다. 그러면 왠지 마치 마감 시간 다가온 사람처럼 조급해지고 서운해집니다.

바넘 효과(Barnum Effect)라는 게 있습니다. 한 사람의 성격에 대해 아주 일반적인 용어로 기술하면 그것을 무비판적으로 타당하다고 수용하게 되는 현상을 말합니다. 점괘가 그 대표적인 경우지요. 점괘는 사실 아주 포괄적이고 일반적입니다. 그래서 점술가들이 하는 얘기는 다 맞는 것처럼 들립니다. 요즘 젊은이들이 열광하는 혈액형에 따른 성격 비교도 그런 거지요. 그게 다 자신을 두고 하는 말처럼 여겨지는 겁니다. 그걸 바넘 효과라고 합니다. 가을에 대한 중년의 단상이란 게 거의 비슷할 겁니다. 그래서 누군가가 어떤 말을 하면 '맞아 맞아' 맞장구를 치게 되는 것 같습니다. 그리고 그것들이 쌓여서 자신의 늙어감을 애통해하는 면이 많은 것 같습니다. 저도 그랬습니다.

하지만 기특하게도 가을 단풍과 낙엽에서 세월의 무상함이 아니라 먼저 나무의 지혜를 배워야 하는 때가 바로 지금의 나이라는 생각이 듭니다. 생물학적인 관점에서 볼 때, 낙엽은 미래에 대한 나무의 지혜로운 대처입니다. 곧 이어질 겨울에 햇빛이 극도로 줄어드는 상황을 나무는 그렇게 준비하는 겁니다. 그리고 떨어진 잎은 나무의 뿌리를 보호하고 영양분을 공급하지요. 나무가 그렇게 하는 것은 죽음을 기다리는 것이 아니라 다시 찾아올 삶을 가장 슬기롭게 기다리기 위해서입니다.

그러니까 낙엽은 우리에게 미련 버리지 못한 채 불필요한 것들 끌어안지 말고 버릴 건 과감하게 버리고 새로운 시간에 대한 대비를 마련하라고 가르치는 것이지요. 한 번의 가을이 마지막 겨울로 마감된다는 예고편이 아니라 새로운 시작에 대비하는 준비 기간임을 깨닫습니다. 여기에 생각이 미치자 몇 년 동안 환절기 감기처럼 앓던 가을병이 모두 사라진 것은 아니지만 우울하거나 괜히 짜증내는 일은 줄었습니다.

늘 푸른 나무가 아닌 다음에야 잎을 떨구고 부족한 햇살에 대비하지 않고는 겨울을 나기 어렵다는 것을 이제는 압니다.

저 단풍도 사실은 해거름 지는 노을이 어둠을 예고하는 아름다움인 것처럼 다가올 겨울을 예고하는 나무의 노을이겠지요. 그리고 저리도 화려한 듯 보이는 것도 사실은 떨어지는 잎에 대한 나무의 마지막 예의겠지요. 제 몫을 다하면 여름내 자신이 그늘을 만들었던 그 자리에 떨어져 서리와 눈으로부터 제 뿌리를 보듬고 덮어주겠지요. 내년 봄 다시 돋아날 자신의 새 잎을 위해.

편지가 주는 행복

편지 한 통을 받았습니다, 오늘. '오늘 한 통의 편지를 받았습니다' 라고 말하지 않은 까닭은 그만큼 편지 받는 일이 귀해졌기 때문입니다. 지방에 근무하고 있는 옛 제자가 보낸 편지 한 통이 저를 이토록 설레게 할 줄은 몰랐습니다. 너무나 반가워서 봉투를 몇 번이나 살펴보다가 조심스럽게 속살을 꺼냈습니다. 일상적으로 받는 인쇄된 통지문들과는 달리 거기에는 살아 있는 낱말들이 가지런히 정겹게 늘어서 있었습니다. 잘 지내고 있다는, 늘 건강하시라는, 별다른 내용이 없는 문안 편지였지만 유선 편지지가 저를 행복하게 만들었습니다.

사실 요즘은 편지 쓸 일이 거의 없습니다. 우체통을 보기도 힘들어졌습니다. 저 자신도 이메일로 보내고 받는 처지에 남에게 친필로 쓴 편지를 받고 행복해한다는 게 약간은 미안한 마음이 듭니다. 외국에

나가 있는 사람에게도 실시간으로 보낼 수 있고 우체국에 가는 번거로움도 없는 전자통신이 얼마나 편한지 알기에 늘상 거기에 의존하고 있습니다. 그러나 설령 같은 창에서 대화를 주고받는다고 해도 마주보고 있다는 느낌은 없었습니다. 빠르고 편한 것에 길들어서 정감은 있지만 느려터지고 불편한 편지를 오랫동안 외면하고 살았습니다. 예전에는 일상으로 여겼던 편지가 이제는 큰마음 먹어야 쓸 수 있는, 그야말로 기억조차 아물아물한 골동품처럼 되었습니다. 그리고 그만큼 건조해졌습니다.

그런데 가지런한 줄 위에 병정처럼 도열한 편지의 글자들이 하나하나가 다가와 살에 맞닿는 촉감을 줍니다. 그가 책상 위에 앉아 끙끙거리며 익숙하지 않은 편지를 쓰는 모습이 그대로 보이는 것만 같습니다. 몇 번이고 되풀이 읽는 편지지의 감촉에는 보낸 이의 손길과 체온이 따사롭게 느껴집니다. 글을 다 쓰고 '보내기'에 클릭하는 것으로 끝내는 것이 아니라 정성스럽게 봉투에 담고 주소를 써서 우체통까지 가면서 그가 간직했을 정성까지 그대로 담겨 있는 것을 느낍니다.

집에 돌아와 편지를 모아둔 상자를 열어보니 하나 가득 편지들이 반갑게 웃고 있습니다. 많이 없애고 태우고 잃어버렸는데도 제법 가득 남아 있는 게 오늘따라 신기했습니다. 그건 마치 저만의 개인 박물관과도 같습니다.

뜨개질 주머니에 가득한, 아내와 연애할 때 주고받았던 편지들을 조심스럽게 꺼내봅니다. 20대 열정의 글들이 가득합니다. 때로는 간지럽고 어떤 건 유치하기까지 한 편지들을 들춰보면서 그때의 사랑으로 돌아가봅니다. 이제는 볼펜의 흔적들도 빛이 바랬지만 그 속에 담겨 있는 그 시절의 뜨거운 사랑만은 고스란히 되살려줍니다. 이제는 그때의 아름다움도 많이 퇴색하거나 변했지만 그 편지들을 읽는 순간 당시의 아내 모습이, 사랑을 절절이 되뇌던 아름다움이 반갑게 포르르 살아납니다. 그리고 그 편지처럼 지금도 사랑하고 있는지, 최선을 다하고 있는지 반성도 하고 그 사랑 간직하며 죽을 때까지 살아야겠다는 다짐도 다스려봅니다.

간이역 나무 의자에서 기차를 기다리며 쓴 짧은 엽서가 날아왔을 때의 그 반가움과 설렘, 그리움과 기다림이 고스란히 되살아납니다. 어떤 편지에는 연모가, 어떤 편지에는 책망이, 또 다른 편지에는 화해와 다짐이 촘촘하게 박혀 있는 보석으로 남아 있습니다. 그 시절로 돌아가고 싶다는 꿈이 허황된 것을 알기에 그저 푸념으로만 달고 산 것들이 편지 속에 그대로 남아 있다는 것은 시간을 뛰어넘는 선물입니다. 편지를 하나씩 읽어가면서 그때의 감정과 다짐들이 한 올도 풀어지지 않고 그대로 제게 울리는 것이 얼마나 기쁘고 소중한지 모르겠습니다.

충무에 있던 청마 유치환이 서울의 운정 이영도에게 편지를 보낼 때 '가장 즐거운 것은 우체통까지 가는 시간이었다'는 말이 떠오릅니다. 그랬기에 그 편지를 묶어서 낸 책 제목이《사랑하였으므로 행복하였네라》였던 것도 함께 나눌 울림이 있었기 때문일 것입니다.

불편하고 시간과 공이 많이 들지만 사람 냄새 듬뿍 나는 편지를 쓰게 된 건 오늘 받은 편지 때문만은 아닙니다. 그 편지를 통해 잊었던 보물을 되찾았기 때문입니다. 빨간 우체통까지 가는 길에서 맛보는 행복은 덤입니다. 느려터진 완행열차처럼 더디고 불편하지만 편지가 주는 행복은 초고속열차의 그것보다 몇 길이나 위에 있습니다.

북한산이 좋은 이유

우리는 늘 보고 살아서 잘 모르지만 남들은 서울이 특별한 도시라고들 합니다. 세계 어느 도시를 봐도 너른 강과 높은 산을 함께 가진 곳은 거의 없고, 옛 것과 새 것이 함께 있는 도시도 드물다고 합니다.

무엇보다 서울은 앞뒤로 빼어난 산을 가지고 있고 한복판에는 작지만 아름다운 산도 있어서 좋습니다. 그 가운데 북한산은 언제 가보아도 좋은 산입니다. 게다가 북한산은 어느 산에도 빠지지 않는 아름다운 산입니다. 네 계절 독특한 다른 맛이 있고, 무수히 많은 갈래 길들이 제각각 다른 멋을 가지고 있습니다. 기암절벽이 있는가 하면 깊은 계곡도 있습니다. 하나의 산에 이렇게 다양한 맛과 멋이 담기기란 쉬운 일이 아닐 겁니다. 그런 점에서 서울은 적어도 이 산 하나만으로도 충분히 축복받은 도시입니다.

연구휴일이라고 해서 평일 하루 비어 있는 날 한가롭게 북한산에 다녀왔습니다. 뒷산에 다니던 것이 몸에 배었는지 그보다 큰 산을 오르내리는 데에는 이제 힘에 부칩니다. 그래도 북한산은 한 번도 저를 실망시킨 적이 없습니다. 제가 산을 실망시킨 경우는 있을지언정. 제가 자주 택하는 코스는 집에서 가까운 구파발에서 내려 진관사를 끼고 뒤 텃밭을 가로질러 오르는 길로, 사람들 눈에 잘 뜨이지 않아서 인파가 몰릴 때에도 크게 번잡스럽지 않습니다. 절반은 아직 채 퇴색하지 않은 녹음으로 남아 있고 나머지 절반은 이미 발그레하게 또는 노릇하게 옷을 갈아 입고 있어서 성미 급한 단풍객들이 너나 없이 드나들고 있었습니다.

산을 찾는 사람들의 얼굴들은 하나같이 평화롭고 느긋합니다. 설령 세상사 궂은일 고까운 일 때문에 산을 찾은 사람들도 일단 산에 들어오면 마음이 편해지기 때문일 겁니다. 오르고 내리며 마주치는 사람들과 가벼운 인사를 나누다 보면 어느새 산정까지 거의 반쯤 남아 있습니다.

그런데 그렇게 마주치는 사람들의 나이들을 가늠해보니 제 또래 사람들이 의외로 가장 많습니다. 자세한 속내야 저로서도 알 수 없지만 직장에 얽매어 평일에 옴짝달싹 못하는 처지에서 벗어나 자기 사업을 하는 사람들도 있겠고, 젊어서 애써 무시하던 건강의 적신호가 산으로 끌어올린 사람들도 있을 겁니다. 하지만 어떤 이들은 직장을 잃고 딱히 갈 곳이 없어서 사람 없는 산을 일부러 찾기도 했을 겁니다. 제 또래의 사람들이 가장 많은 것도 어쩌면 그런 이유 때문이라는 생각에 이르자 남의 일 같지 않아 안타까웠습니다.

휴가라고 해야 겨우 1년에 사나흘이나 대엿새에 불과한 짬에도 감지덕지하며 온 삶을 일에 바쳐온 사람들입니다. 자랄 땐 겨우 보릿고개 벗어나 기근은 면했지만 풍요와는 거리가 먼, 아직은 가난의 질곡을 겪어야 했고, 어른들께는 존경과 봉양의 책무를 다했으면서도 정작 자신은 그 몫을 찾지 못할, 평생을 복종과 섬김으로만 살아온 세대입니다. 가족에게 풍요로움을 마련해야 한다는 의무 속에서 변변한 위로도 받아보지 못한 채 앞만 보고 살아온 사람들입니다. 그렇다고 노후에 대한 준비를 제대로 마련한 것도 아닙니다. 그러다가 덜컥 내돌림을 당한 사람들입니다. 오륙도니 사오정이니 하는 엽기적이고 무례한 신조어들이 그들의 등을 떠밀어낸, 비정하고 무기력한 시대가 만들어낸 최대의 피해자들입니다. 아마 어떤 이는 가족들에게 실직 사실을 말하지 못하고 벙어리 냉가슴 앓듯 끙끙거리며 산에 올랐을지도 모릅니다.

그래도 산이 고마운 건 이런 우리들을 위로하고 보듬어주고 새로운 희망을 안고 내려가도록 안아주기 때문입니다.

내려오는 길 중턱에서 소주 한잔 얻어 마신 정으로 연신내시장에서 국수를 함께 말아먹은 제 또래 사내와 헤어지며 서로 평화를 빌어준 인연 또한 오늘 산이 제게 준 선물이었습니다. 그런 산과 오늘 많은 이야기를 나눈 것 같습니다. 그래서 그 산이 저는 좋습니다.

나무가 되고 싶다

몇 해를 끌다가 올 봄 뜻이 모아져 문중에서 가족납골묘를 마련했습니다. 시대적 상황도 이제는 매장보다는 화장을 택하는 분위기여서 그쪽으로 정하는 것을 당위로 여기고는 있었습니다. 늘 이야기는 오갔지만 막상 손을 대지 못하던 큰 일이었는데, 여태껏 선산을 지키며 손봐주신 작은아버지께서 돌아가신 후 막상 그 관리가 쉬운 일이 아님을 깨닫게 된 것이 일을 빨리 매듭짓게 한 계기가 되었습니다. 교직에서 은퇴하신 당숙께서 동분서주 애쓰셔서 마침내 그 일을 마치게 되었습니다. 날을 잡아 파묘하고 분골하여 납골묘에 모실 예정입니다.

이제는 매장보다 화장의 비율이 높아지고 있습니다. 화장을 꺼림칙하게 여겨서 굳이 매장을 택했던 세태도 더 이상 그것을 막지는 못하게 된 것 같습니다. 좁은 땅에서 묫자리로 아까운 땅 잡아먹는 것도 그렇거니와 예전과 달리 묘를 관리하는 일도 쉬운 일이 아닙니다. 한식이나 추석 때 힘들게 성묘 가서 벌초하고 보완하는 일도 생각처럼 가벼운 일이 아닙니다. 이런저런 연유로 이제는 화장이 대세로 받아들여지는 것 같습니다.

사람은 누구나 언젠가는 죽음을 맞습니다. 삶은 초라했어도 죽음은 화려하게 마무리하고 싶은 게 인지상정이기도 하고 우리네 전통 풍습이기도 했습니다. 저는 시신 기증을 서약했으니 삶을 마치면 어느 병원 해부실에서 학생들에게 실습의 대상이 되겠지요. 그리고 그 마지막 임무가 끝나면 여태까지 제 삶을 담고 있던 육신은 태워져 작은 상자에 담길 겁니다.

그러고 나면 마지막 돌아갈 터에 묻히거나 뿌려지겠지요. 그런데 저는 답답한 상자에 담겨 칸칸 질러진 납골묘에 가둬지기보다는 자유롭게 나무 밑에 묻히거나 뿌려져 온전히 흙으로 돌아가 나무가 되고 싶습니다. 요즘 수목장(樹木葬)이 조금씩 알려지고 있던데, 저도 그랬으면 좋겠습니다. 좋은 나무 아래 묻혀 나무와 함께 살고 있으면 살아 있는 가족들이 가끔 찾아와 나무 한번 안아주고 그 그늘 아래 잠시 쉬었다 갈 수도 있겠지요. 그리고 그 나무 크게 자라 언젠가 재목으로 쓰일 만하면 손자의 손자가 사는 집의 들보나 서까래로 쓰여 그들과 함께 살고 싶습니다.

예전에는 생각도 하지 않았던 이 문제에 대해 곰곰 몰두하는 걸 보니 나이가 들긴 든 모양입니다. 하기야 예전 같으면 죽음을 맞기 시작할 나이입니다. 저 어렸을 때만 해도 환갑은 보기 드문 큰 잔치로 마땅히 벌여야 하는 경사였습니다. 하지만 다행히 세상이 좋아져서 아직 삶을 마감하기에는 시간이 제법 남은 것 같습니다.

죽음에 이르러 그 삶이 부끄럽지 않았다는 말을 자신있게 할 수 있기 위해서라도 하루하루를 열심히 살아야겠습니다. 억울하게 궁형(宮刑)을 당하고도 자진하지 않고 끝내《사기》를 썼던 사마천처럼 나머지 삶의 의미와 목적을 향해 빠르지도 늦지도 않게 가끔은 쉬기도 하면서 살아갈 생각입니다. 그렇게 겸손한 삶을 마치면 한 그루 나무 아래로 돌아가고 싶습니다.

돌아오는 봄에는 제가 묻힐 나무 한 그루 심을 생각입니다. 그 나무가 제법 키가 커졌을 때까지는 살아 있고 싶은 소박한 바람과 함께.

내 영혼의 나비가 깨어나기를

극한 상황까지 내몰려보지 않아서 온전히 실감할 수는 없지만 그것을 겪은 사람들의 이야기가 전해주는 감동은 제 삶을 돌아보고 겸손과 감사를 새삼 깨닫게 해주는 힘이 있습니다. 장 도미니크 보비의 《잠수복과 나비》라는 책은 여느 이야기가 전해주는 감동과는 또 다른 숙연함까지 느낄 수 있는 좋은 선물입니다.

지은이 장 보비는 〈엘르〉 편집장으로, 자상하고 유머러스하며 앞서가는 정신의 소유자였고, 무엇보다 자상한 아버지였습니다. 이른바 잘나가던 그가 갑작스런 뇌졸중으로 쓰러진 건 어느 금요일 오후, 그의 나이 불과 마흔네 살 때였습니다. 스무 날쯤 지나 의식은 회복했지만 몸을 전혀 가눌 수 없었고 자기 뜻대로 움직일 수 있는 것은 오직 그의 왼쪽 눈꺼풀뿐이었습니다. 그가 느꼈을 절망과 원망이 어했을지는 짐작하기 어려운 일이 아닙니다. 차라리 죽는 게 낫다고 느꼈을 겁니다. 그러나 죽고 싶어도 제 몸을 전혀 간수하지 못하는 처지에서는 사치스러운 일이었을 겁니다.

그러나 그는 막 어스름한 새벽 빛이 스며들기 시작한 병실에서 새로운 자신을 발견합니다. 그는 자신이 잠수복에 갇혀 있다고 생각합니다. 그런데 그 잠수복이 조금 덜 갑갑하게 느껴지기 시작하면, 그의 정신은 비로소 나비처럼 나들이 길에 나섭니다. 이 책의 제목은 그렇게 지어진 겁니다. 오로지 하나 남은 왼쪽 눈꺼풀의 움직임으로 자신의 생각을 받아 적도록 했습니다. TV에서 빠른 두꺼비 이야기를 담은 만화 영화를 보고는 자신도 차라리 두꺼비가 되게 해달라고 빌어볼까 하는 생각까지 하지만 그는 이내 자신의 영혼을 추스립니다.

그는 자신의 상황과 지나간 옛날에 대한 회상뿐 아니라 TV로 듣는 세상사에 대해서도 자신이 느낀 바를 담담하게 서술합니다. 그의 이야기는 자신의 삶에 있었던 여러 가지 일과 생각들에 대해 비로소 나비처럼 자유롭게 유영하는 정신의 관대함으로 풀어놓습니다.

낱말 하나를 전하기 위해 그는 하나 남은 유일한 근육인 왼쪽 눈꺼풀을 수없이 깜빡여야만 했습니다. 상상만 해도 견딜 수 없는 괴로움이고 어려움이었을 겁니다. 그러나 그의 영혼의 아름다움은 아무도 막을 수 없었습니다. 오히려 그의 두려움은 그가 다시 혼수 상태에서 깨어났을 때 바늘과 실로 마치 구멍 난 양말을 깁듯 의사가 그의 오른쪽 눈꺼풀을 꿰매고 있던 순간에 일었습니다. 그 의사가 세상과 그를 이어주는 유일한 창인 왼쪽 눈마저 꿰매 버리지 않을까 걱정스러웠기 때문입니다.

그가 눈꺼풀의 움직임으로 전한 이야기는 편지가 되어 그의 친구들과 친지들에게 전해졌고, 그들에게 놀라운 감동과 파란을 일으켰습니다. 그 역경과 불편(이것을 불편이라고 하는 것 자체가 불경스러운 일입니다. 이건 하나의 분투 그 이상입니다)에도 불구하고 그가 전하는 이야기들은 잔잔한 감동과 감사와 겸손이 가득 담긴 사랑의 편지들입니다. 그가 글을 전하는 방법을 생각하면서 읽으면 단 한 페이지도 허투루 쉽게 읽을 수 없습니다.

그의 편지이자 일기이며 유서인 이 책에서 제가 가장 감동을 받은 것은 '홍콩의 아가씨들'이라는 제목의 글이었습니다. 그는 자신이 찾았던 곳들을 하나씩 되밟아가며 마음 가득한 미소를 짓습니다. 그 미소는 아마 세상에서 가장 아름다울 겁니다. 단지 그의 얼굴에 그려지지 못할 뿐.

그가 늘 그렇게 감사하며 살 수는 없었겠지요. 아무리 생각해도 열쇠로 가득 찬 이 세상에서 그를 가둔 잠수복을 열어줄 열쇠가 없다는 사실을 받아들여야만 했을 때 그는 자유를 찾아 떠나고 싶어했습니다. 그는 그것을 '휴가 끝'이라고 여길 뿐이었습니다. 원망하지 않았습니다. 오히려 그는 담담하게 말합니다.

"나는 단지 아주 나쁜 번호를 뽑았을 뿐, 나는 장애자가 아니다. 나는 단지 돌연변이일 뿐이다."

그는 영혼이 파괴된 사람을 장애자로 보았습니다. 그렇게 '휴가'를 마치고 그는 다시 혼수 상태에 빠졌고 다시는 그 하나 남은 왼쪽 눈꺼풀을 움직일 수 없었습니다. 그렇게 그는 우리와의 통로를 거두고 갔습니다. 열다섯 달 남짓에 불과한 그의 '새로운' 인생은 그렇게 마감되었습니다. 그러나 그가 보여준 놀라운 의지와 삶에 대한 겸손과 감사는 눈꺼풀의 움직임을 통해 우리에게 더욱 아름답게 남았습니다.

저는 멀쩡한 몸을 가지고도 탁하고 무겁게 살아갑니다. 제 영혼의 나비는 여전히 고치에서 웅크리고 나올 생각을 하지 않습니다. 몸은 자유로울지 모르나 제 영혼은 그를 가두었던 잠수복보다 더 빡빡하게 옥조여 있습니다. 제 영혼의 나비가 깨어나기를 기다립니다. 아니 더 기다릴 게 아니라 제가 그것을 벗고 나와야겠습니다. 장 도미니크 보비. 그는 진정 아름다운 사람이었습니다. 그가 남겨준 나비를 찾아 길을 떠나야겠습니다.

진정한 르네상스맨

르네상스맨(Renaissance Man)이라는 말이 있습니다. '르네상스적 교양인'이라는 뜻으로 폭넓은 지식과 교양의 소유자, 모든 학문과 예술에 통달한 사람을 일컫는 말입니다. 즉, 이성과 감성, 능력이 완벽한 사람을 일컫는 말입니다. 르네상스 시대에는 한 사람에게 건축, 미술, 음악, 문학 등 다양한 분야에서의 능력과 관심을 요구했습니다. 그 가장 대표적인 인물이 바로 빈치 출신의 레오나르도, 즉 레오나르도 다 빈치입니다.

그는 인류 역사상 최고의 화가 가운데 한 사람이었고 동시에 과학자이자, 철학자였으며, 도시 설계에 능숙한 엔지니어였습니다. 또 조각, 건축, 해부학에 이르기까지 그가 섭렵하지 않은 분야는 거의 없을 정도였는데, 단순한 관심과 피상적인 지식에 그치지 않고 모든 분야에서 뛰어난 능력을 지니고 있었습니다. 그는 예술과 과학의 완벽한 균형을 발견하였고, 자연과 지성의 통합으로 새로운 창조적 원칙을 세웠습니다.

우리는 다 빈치만큼의 관심도 능력도 가지고 있지 못합니다. 그리고 그런 사람을 보면 좋게 말해서 팔방미인이라 하고 속내는 실속없이 이것저것 집적대는 한량 취미 정도로 폄하합니다. 팔방미인 끼닛거리 걱정한다는 말로 자신의 편협을 위로받으려 합니다. 게다가 이 세상에서 사람 대접 제대로 받으며 살기 위해서는 스페셜리스트가 되어야 하고 그렇게 어설프게 오지랖 넓은 사람은 쭉정이 취급을 받는다고 생각해왔습니다. 그러나 시대가 다시 바뀌고 있습니다. 현대가 요구하는 인간은 예능이나 기술이라는 좁은 영역에 한정된 사람이 아니라 다양한 지식을 가진, 총체적 인간이라는 점에서 르네상스맨이야말로 시대적 요청이기도 합니다.

다 빈치를 통해 알 수 있듯 르네상스맨은 끊임없는 문제의식과 실험정신을 가진 사람입니다. 또한 그는 좁은 범주에서 벗어나 살아가며 맺는 여러 관계를 포함한 모든 행동양식에서 자신을 표출할 수 있는 열정을 가진 사람입니다. 끊임없는 호기심과 관심으로 삶의 모든 양식들을 소홀하게 넘기지 않고 포용력을 가지고 사는 사람입니다. 또한 그는 모든 규범과 관습에 무작정 따라가지 않고 그것에 도전하기도 하고 새로운 대안을 모색하는 사람이기도 합니다. 그에게는 인간과 자연의 모든 것에 대한 겸손한 열정과 부단한 애정이 있습니다. 그런 의미의 르네상스맨이 되고 싶습니다.

이것은 단순히 지식에만 머무는 것이 아닙니다. 삶 자체가 르네상스맨이어야 합니다. 제 친구 K는 그런 의미에서 르네상스맨에 가까운 사람입니다. 처음엔 그가 돈 많은 사업가인 줄로만 알았습니다. 그러나 그는 음악, 미술, 건축뿐 아니라 와인이면 와인, 커피면 커피에 이르기까지 두루 관심과 애정과 지식을 가지고 있었습니다. 그렇다고 그것을 과시하거나 뻐기는 것을 본 적이 없습니다.

한번은 그의 사무실에 방문한 적이 있습니다. 그의 사무실에는 여러 작품들이 많이 있었는데, 아주 좋은 조각품 하나가 구부러진 복도 끝에 있는 걸 발견했습니다. 아깝게 왜 거기에 두었느냐고 물었더니 그 작품이 거기에 놓여 있는 것이 가장 어울리기 때문이라는 대답이었습니다. 제가 보기에도 남들 눈에 잘 안 띄어 그렇지 거기는 그 작품에 딱 맞는 자리였습니다.

오디오도 주어진 공간에 가장 적절한 만큼만 데려다 놓았습니다. 그에게는 근교에 크고 너른 땅이 있습니다. 많은 이들이 그곳에 아파트를 지어 분양하면 엄청난 돈을 벌 것이라며 부추기는 모양입니다. 그도 그것을 모르지 않습니다. 그러나 그는 거기에 옛 관요(官窯) 터가 있는 것을 발견하고는 차라리 도자기 박물관을 지어 사람들이 찾아와 자연과 예술을 만끽할 수 있게 하겠다는 꿈을 간직하고 있습니다. 사업하는 사람으로서는 그런 마음 먹기 어려울 텐데 참 고마운 일입니다.

하지만 제가 그에게 발견한 진정한 르네상스맨으로서의 면모는 겸손과 애정입니다. 그는 늘 상대에게 베풀고 배우고 배려하면서 그의 삶을 넓혀가려고 노력합니다. 진정한 의미의 르네상스맨은 삶 자체에 대한 근본적 이해와 관심이라는 걸 그 친구를 통해 배웁니다.

수도꼭지만 탐내는 병

지금처럼 석유가 펑펑 쏟아져 부자 나라가 되기 전, 중동의 부족장들이 영국 런던에 초대를 받은 적이 있었답니다. 자기 나라에 호의를 갖게 만들려는 영국 정부의 정치적 계산 때문이었겠지요. 아무리 둘러봐도 모래 언덕뿐이고 그저 손수건만큼의 오아시스만 있어도 거기 옹기종기 모여 부대끼며 살던 사람들에게 현대화된 런던의 모습은 엄청난 충격이었을 겁니다. 그 놀라움과 황홀함에 흠뻑 젖은 이 사람들은 하나도 빼먹지 않으려고 눈을 부릅뜨고 두루두루 살펴보면서 자기들도 영국 같은 나라를 만들고 싶다고 단단히 마음먹었을 겁니다.

마침내 영국을 떠나는 날이 되었습니다. 공항에 가기 위해 호텔 로비에서 기다리는데 몇몇 사람들이 도무지 내려올 생각을 하지 않더랍니다. 안내를 맡은 영국인은 할 수 없이 객실에 올라갔는데, 웃음이 나와 그 자리에서 고꾸라질 뻔했답니다. 사람들이 욕실에 모여 수도꼭지를 떼내려고 애쓰며 끙끙거리고 있었기 때문입니다.

물이 귀한 곳에 사는 사람들은 물이 얼마나 소중한지 압니다. 그런데 그 귀한 물이 그저 꼭지만 틀어대면 무한정 콸콸 쏟아지니 얼마나 놀랐겠습니까? 그 꼭지만 가져가면 더 이상 물 걱정 없겠다 싶었을 겁니다. 그래서 그들은 염치 불구하고 호텔의 수도꼭지를 떼내어 집에 가져 가려 했을 겁니다. 수도의 체계라는 걸 알 턱이 없는 그들에게는 물이 쏟아지는 수도꼭지만 탐이 났을 뿐입니다.

지금이야 그 나라들도 집집마다 수도꼭지에서 1년 내내 그치지 않고 물이 콸콸 쏟아질 겁니다. 리비아는 거대한 관개 수로 공사로 사막을 기름진 땅으로 바꿔놓았고, 두바이는 바닷물을 보통의 담수로 바꾸는 현대식 플랜트를 가지고 있습니다. 이제는 기억조차 가물가물한 그 옛날의 에피소드만 남아 있습니다.

하지만 저는 아직도 그 수도꼭지를 붙잡고 씨름하고 있습니다. 문제의 본질은 여전히 보지 못한 채 그저 말단의 결과만 보고 탐을 내기도 하고 역정을 내기도 하면서 살고 있습니다. 매끈한 수도꼭지를 부러워하다가 이제는 황금으로 만들어진 수도꼭지를 탐내며 살고 있습니다. 아무리 달을 보라고 해도 저는 자꾸만 달을 가리키는 손가락 끝만 바라보고 있습니다. 이놈의 고질병을 어찌해야 할지 모르겠습니다. 나이가 들어가는데도 여전히 어리석은 돌머리 돌가슴을 이고 안고 삽니다.

작은 기쁨

장마가 계속되니 온 집안이 꿉꿉하고 끈적이는 것 같아 개운하지 않습니다. 더워도 좋으니 뽀송뽀송한 수건의 감촉을 느끼고 싶습니다. 우리네 사람이란 게 아무리 잘난 척 강한 척해봐야 별거 아니라는 생각이 듭니다. 여름 되면 겨울 그리워하고 겨울에는 여름 그리워하는 약하디약한 존재일 뿐입니다. 쉰 해 가까이 살았으면서도 이처럼 해결할 수 없는 모순은 변함이 없습니다.

하로동선(夏爐冬扇)이란 말이 있습니다. 여름에는 화로를, 겨울에는 부채라는 뜻이지요. 아무 쓸모나 소용이 없는 것을 의미합니다.

그런데 엉뚱하게도 여름에 화로를 준비하면서 겨울 추위를 떠올리면 기분만으로도 시원할 수 있겠다는 생각이 듭니다. 겨울 부채도 마찬가지입니다. 더위가 따뜻함으로, 추위가 시원함으로 느껴질 수 있는 건 바깥 계절의 현실을 부인하는 것이 아니라 그것을 슬쩍 뛰어넘어보는 즐거운 배반입니다.

사람의 욕심이란 게 끝이 없는 것 같습니다. 하지만 그 욕심에 매어 살면 정작 삶의 쏠쏠한 작은 기쁨을 맛보지 못합니다. 그냥 제 분수에 맞게 사는 것이 사람 사는 도리라서 체념하는 것이 아니라 그 욕심에서 스스로 벗어나는 즐거운 배반을 맛보지 못하기 때문입니다.

저는 음악 듣는 것을 참 좋아합니다. 부지런히 오디오에 관한 잡지를 들춰보기도 하고 때론 전문 매장에 가서 귀동냥을 하기도 합니다. 값에 따라 달라지는 소리(물론 그것이 항상 비례하는 것은 아니어서 속으로 키득거리며 통쾌해 하기도 하지요)를 부러워하며 그것을 데려다가 언제든 원할 때마다 부려먹고 싶은 생각이 굴뚝같습니다.

제 서재에 있는 오디오는 완전히 빈티지 모델에 가까운 낡은 룩스만과 타노이 옥스퍼드 스피커입니다. 데리고 산 것만 스무 해가 넘었는데 데려올 때 이미 그 정도의 나이를 먹었던 녀석들이니 고물 중의 고물이지요. 그래도 소리는 제법 낼 줄 알기에 그냥 데리고 삽니다. 잘난 녀석들 데려올 경제적 여력도 안 되거니와 그래 봐야 그때 잠깐뿐, 또다시 더 나은 하이엔드로 달려가는 반복을 미리 알기 때문입니다. 그게 무서워 피하는 비겁이 아니라 그동안 절 즐겁게 위로해 준 기기들로도 아직은 감사할 수 있기 때문입니다.

그래도 간사한 귀는 자꾸만 충동질을 해댑니다. 그때마다 오디오 잡지 펴놓고 그 기기에서 나는 소리를 상상하며 제 오래된 친구들을 듣습니다. 함께 지낸 시간의 부피만큼 익숙한 소리가 편안합니다. 언젠가 형편과 바람에 잘 어울리는 기기를 들여놓을 때까지는 이 친구들과 함께 지낼 생각입니다.

과거를 그리워하는 건 그 시대가 그리운 것이 아니라 그 시간 속의 자신이 그리운 까닭이라고 합니다. 가끔은 그 시간들을 꺼내어 자신의 옛 모습을 되짚어보는 것도 즐거운 일입니다. 지금 이 시간을 한참 뒤에 돌아보며 행복할 수 있기 위해서라도 순간순간 늘 열심히 그리고 즐겁게 살아야 한다는 자기 확인이 있기에 그 회상이 즐거운 일일 겁니다.

더위를 참는 데 익숙하지 못한 아들 녀석이 에어컨은 장식으로 들여놓았느냐며 성화입니다. 시원한 풍경으로 바꿔 단 그림을 보며 느껴보라는 제 말에 절망스런 표정을 감추지 않는 녀석이 은근히 재미있는 건 나이 든 아비의 심통일지도 모르겠습니다. 하지만 그 녀석이 조금만이라도 아비의 속내를 알아주었으면 좋겠습니다. 하기야 그 나이에 그걸 알면 무슨 재미겠습니까.

No.

3장

내 삶의 북극성을 찾아

나이듦의 즐거움

내 삶의 북극성을 찾아

어두운 밤, 길을 잡을 때 우리는 북극성을 맨 먼저 찾습니다. 하늘엔 무수히 많은 별들이 있는데 그 별들 다 제쳐두고 오직 북극성을 찾는 까닭은 무엇일까요? 그 별이 다른 별들보다 유독 크고 밝아서 그렇다고 생각할지도 모르겠습니다. 그러나 다른 별들은 철마다 자리가 다르지만 북극성만은 언제나 제자리를 지키고 있기 때문이라 합니다.

지구가 살짝 기울어져 있다는 건 어릴 적 자연 시간에 이미 다 배웠습니다. 지구가 그렇게 기울어져 있어서 자전과 공전에 따라 별자리가 다르게 보이는 거라지요. 하지만 북극성은 지구 축 바로 위에 있어서 제 아무리 지구가 돌고, 계절이 바뀌어도 항상 북쪽에 꼿꼿하게 앉아 있다는 것도 나중에 알게 되었습니다. 살면서 갈팡질팡 우왕

좌왕한 일이 결코 작다 할 수 없습니다. 그때마다 주저하고 갈등하며 손톱을 깨물고 발을 동동거렸습니다. 때로는 엉뚱한 방향으로 길을 잡아 다시 돌아갈 길 너무 아득해 그냥 내친걸음 돌리지 못한 적도 많았고, 어떤 때는 잡은 별과 내 갈등의 시간이 우연히 맞닿아 용케 바라던 제 길을 걷게 된 적도 있었습니다.

때로는 북극성의 존재를 알면서도 오직 그 별만 잡고 사는 건 너무 재미없고 무미하다며 다른 별 기웃거리고 들춰보는 일도 마다하지 않고 살았습니다. 돌이켜보면 그게 다 무모한 일이었다고 후회한 적 없지 않지만, 그래도 그 값은 누렸다고 생각하며 살기도 했습니다. 무수히 많은 별 가운데 한 별만 지켜보며 사는 건 분명 재미없는 일입니다. 성공할 확률은 높겠지만, 이슬 맺힌 풀밭, 솔향 그윽한 숲길 걸어보는 것 또한 결코 놓칠 수 없는, 놓치기 싫은 기쁨입니다. 때로는 길 잘못 잡아 웅덩이에 빠진 낭패도 겪었고, 어떤 때는 산길에서 한참을 걸었는데 한 바퀴 맴맴 돌았을 뿐이었다는 사실을 깨닫고 망연자실한 적도 있었습니다. 그렇게 자유의 행복과 좌절의 아픔은 아슬아슬하게 맞닿아 있다는 것도 알았습니다.

하지만 그래도 경험으로 북극성의 존재와 가치를 알고 있어서, 제 길을 곧추잡아 제 각기 나름대로 여정을 밟아 사는 것 같습니다. 그렇지만 그래도 삶이 자꾸만 흔들리는 걸 시시때때로 느끼고 갈등하는 건 여전한 것 같습니다. 나이가 들어서도 그 주저와 절망을 겪으면서 겨우 지탱하는 듯한 불안함을 떨치지 못하는 까닭이 무엇일까 곰곰 생각해보았습니다. 북극성이 있느냐 없느냐도 중요하지만, 그게 지구의 축 위에 제자리를 삼고 있느냐가 중요하다는 걸 떠올리는 순간, 과연 내 삶의 축은 어디에 있는가 하는 때늦은 자각을 하게 되었습니다. 삶의 축을 세워 삼지 못한 채 그저 이리저리 길잡이 삼을 좌표만 설정하느라 흔들리고 부딪치며 살았다는 걸, 이제야 조금씩 깨닫게 되는 모양입니다.

나이 마흔의 끝자락쯤에서 제 삶의 축을 찾고, 꽂는다는 게 조금은 어색하고 쑥스럽기도 하지만 그래도 아직 삶의 길이 제법 넉넉하게 남은 마당에 그냥 나 몰라라 하고 내빼지도 못하고 있습니다.

지금까지 살아온 길을 버리지 않고 다시 찾아 꽂은 삶의 축에 맞추어 가까이 서로 당겨 있도록 할 수도 있겠고, 어쩌면 과감하게 새로 삼은 축에 따라 새 길을 삼아 또 다른 길을 갈 수도 있겠습니다. 그래도 축을 삼은 이상 이 길도 저 길도 이젠 방황하는 길이 아니라 제 삶을 갈무리하고 어쩌면 늦은 꽃 오래 피우는 새 나무를 심는 길은 마련한 셈입니다. 이 나이가 되어서 세상을 조금은 알게 된 것 같습니다. 그래서 마흔 끝자락이 섭섭하거나 안타깝지만은 않습니다.

아름답게 늙는다는 것

새벽 산책을 마치고 내려오는 솔숲 길에서 노부부를 만났습니다. 좁은 숲길에서 두 분은 손을 꼭 잡고 걸으십니다. 먼저 인사를 드리면 잊지 않고 답례로 가볍게 손을 흔들고 좋은 하루 빌어주시며 웃으십니다. 할아버지는 등에 작은 배낭을 지고 할머니는 빈손입니다.

자주 뵙지는 못하지만 어쩌다 이분들을 만난 날은 하루가 행복합니다. 어느 날인가 중간에 쉬고 계신 두 분을 뵙고 좋아 보인다고 인사를 드렸더니 할아버지께서는 할머니께 "이게 다 당신 덕이오" 하시며 웃으시더군요. 사소한 덕담에도 그 공을 자신의 늙은 아내에게 돌리는 늙은 지아비의 겸손이 아침 해보다 밝았습니다.

두 분 대화를 엿듣고 싶어 옆 자리에 슬그머니 앉아 있었습니다. 어제 피기 시작한 쑥부쟁이가 오늘 제법 꽃이 야물게 피었다는 이야기며 모레쯤 텃밭에서 여름내 길렀다가 거두어 마당에 널어 말린 참깨를 털어 조금은 덜어 볶아두고 나머지는 기름을 짰으면 좋겠다는 둥 당신들의 하루를 채우는 일상의 이야기들을 어찌 그리도 다감하게 말씀하시는지 많이 부러웠습니다.

젊은 사람들에게는 그저 사소해 보이기만 하는 것들도 이분들의 눈에 담기면 모두 살갑고 넉넉한 이야깃감으로 바뀝니다. 크게 웃지도 않고 마르게 역정을 내지도 않으면서 이심전심인 양 빙그레 웃으실 뿐인데도 세상 어떤 대화보다 풍요롭고 아름다워 보입니다. 곱게 늙는다는 건 적당한 경제력도 필요하겠지만 무엇보다 함께 살아온 이에 대한 푸근한 배려와 존경이 없으면 불가능하겠다는 생각을 이 노부부는 있는 그대로 보여주십니다.

젊은 시절의 격정적 사랑은 이미 오래전에 사라졌겠지만 그 빈자리를 채우는 또 다른 사랑은 쑥부쟁이꽃처럼 은은하고 오래갑니다. 그것은 어느 날 갑자기 찾아오는 선물이 아니라 두 사람이 함께 살아온 삶의 매듭들이 올올이 어우러진 역사일 겁니다. 그분들이라고 어찌 갈등과 미움과 다툼이 없었겠습니까? 하지만 그것들보다 더 큰 게 사랑이고 존경이었기 때문에 자연스럽게 그리고 더 강하게 이겨냈을 겁니다. 그분들이 당신들의 삶의 언저리에 관한 말씀을 해주신 적 없어서 정확하게는 알 수 없겠지만, 그 연세쯤 되면 표정만으로도 얼추 몇 토막은 짐작해볼 수 있답니다.

곱게 늙어가는 것만큼 아름다워 보이는 것도 드물다고 이야기하지만 그건 현재의 모습만 보고 있는 것일 뿐, 이겨낸 갈등과 힘들었던 고비들을 애써 보지 않으려는 보상 심리인 경우가 많습니다. 곱게 늙는다는 건 노부부의 아름다운 모습이 아니라 이미 하루하루의 내 현재에 해당된다는 것을 우리는 너무 쉽게 잊고 사는 것 같습니다.

어젯밤 아내의 잔소리에 짜증내며 말도 건네지 않고 싶은 꽁한 마음이었는데 아침 산행에서 만난 노부부는 그런 속 좁은 저를 무언으로 야단치고 있었습니다. 상대에 대한 존경과 배려가 빚어낸 삶이 아름답다는 것, 설득과 훈계나 아집은 결코 자신을 돋보이게 하지 않고 스스로를 갉아먹는 일일 뿐이라는 평범한 사실을 새삼 깨닫습니다. 잠시의 휴식을 마치고 다시 산행을 계속하기 위해 손을 내미는 할아버지를 바라보는 할머니의 모습이 얼마나 평화롭고 아름다웠는지 모릅니다. 노부부의 멀어져가는 뒷모습이 마음을 따뜻하게 해주는 아침이었습니다.

이상과 현실의 지혜로운 해후

학교에서 집으로 오가는 길에 공항이 있습니다. 날마다 보는 비행기지만 볼 때마다 신기해서 한참 동안 눈길을 떼지 못합니다. 그 어마어마한 쇳덩이가 굉음을 내며 하늘을 가르고 뜨고 가라앉는 것은 아무리 봐도 지루하지 않습니다. 저는 가끔 그 비행기를 보면서 생동감을 얻습니다. 자장면과 돈가스를 좋아하면 어린애라는 말을 흔히 듣습니다. 그런데 이 나이가 되어도 비행기를 보고 짜릿함을 느끼는 것을 보면 아마 제게 어떤 치기가 고스란히 남아 있는 것 같아 때론 머쓱하기도 하고 때론 우스꽝스럽기도 합니다.

언젠가는 차를 세우고 한참을 서서 여러 대의 비행기가 뜨고 내리는 것을 지켜본 적도 있습니다. 격납고에서 이런저런 수선을 하느라 서 있는 비행기를 보면서 큰 덩치를 실감합니다. 일하는 사람들이며 근처의 차들이 장난감처럼 보입니다. 그 바퀴 하나만 해도 사람 키를 훌쩍 넘는 거대한 크기입니다. 공항 근처의 아이들은 비행기 그림을 그리면 꼭 바퀴를 그린다고 하더군요. 늘 바퀴 달린 비행기만 봤을 테니 그럴 만도 하겠지요.

어렸을 적 형들이 만들어준 종이 연을 들고 들판을 뛰어다니거나 언덕에서 바람에 연을 태워 하늘 높이 날릴 때 느꼈던 그 쾌감과 동경이 새삼 그립습니다. 땅에 발을 딛고 있으면서도 내가 쥔 연이 허공을 가르며 미끄러지는 것을 보면 마치 내가 하늘에 함께 떠 있는 듯한 착각과 짜릿함에 시간 가는 줄 몰랐던 그 시절이 있었지요. 나이 들어서도 하늘을 나는 물체가 여전히 부럽고 예쁘게 보이는 것은 어쩌면 그때의 어린 꿈이 되살아나기 때문인지도 모르겠습니다.

이상과 현실은 늘 상사화(相思花)처럼 한 번도 함께 자리를 한 적이 없는 운명일까요? 견우와 직녀는 칠석날만큼은 어김없이 만날 수 있지만 이 둘은 끝내 만나지 못하고 늘 서로를 그리워만 하다가 나중에는 지쳐서 그냥 서로를 잊고 지내려 무던히 애쓰며 살아갑니다. 때론 서로의 배반에 절망하고 원망하기도 하지만 끝까지 그 둘의 조우를 꿈꾸며 사는 것이 우리네 삶인지도 모르겠습니다.

그래도 가끔은 그 둘의 배반을 제가 배반하고 싶어하면서 극적인 화해와 해후의 희망을 버리지 않으며 살아갑니다. 그러다가 문득 그 둘의 배반은 그들이 제게 꽂은 비수가 아니라 사실은 제가 그 둘을 배반한 결과일 뿐이라는 생각이 듭니다. 그리고 저의 그 배반은 어쩌면 제가 원하는 이상과 현실의 만남에 대한 잘못된 바람 때문이라는 반성과 자괴가 저를 깨웁니다. 둘 모두 최고 최상의 것이어야 한다는 어리석음과 욕심이 그 배반을 만들지 않았을까 하는 회한에, 노루 제 방귀에 놀라듯 화들짝 놀랍니다.

이상과 현실이 서로 만나지 못한 것이 아니라 너무 소박하게 만나는 것을 탐탁찮게 여겼기 때문이었던 겁니다. 눈에 차지 않는 사윗감, 며느릿감 타박 놓듯, 욕심과 야망이 성에 차지 않았기 때문에 애써 외면했던 것 같습니다.

어설프게 이 둘을 묶어 스스로를 위안하고 싶은 생각은 없습니다. 대신 예전에 비해 성숙한 나이만큼의 몫은 해야 할 것 같습니다. 더 이상 이상과 현실이 만나서 서로 재어보는 거리감에 절망할 것이 아니라 소박한 이상과 성글지 않은 현실의 지혜로운 해후를 꿈꿔볼 참입니다.

비행기를 보며 설레었던 것은 어쩌면 꿈에 대한 그리움과 아쉬움일지도 모르고, 딛고 있는 이 땅의 현실에 대한 도피거나 위로에서 비롯된 것인지도 모르겠습니다. 하지만 분명한 것은 어릴 적 연 날리던 그 소박하고 단순한 생기가 아직도 제 안에 살아 있다는 사실입니다. 어쩌면 이 나이가 이상과 현실이 비로소 너그럽게 만날 수 있는 가장 잘 익은 때가 아닌가 싶습니다. 저는 아직도 비행기를 보면 그렇게 마음이 설렙니다.

영혼의 벗, 책과 함께하기

학교가 있는 역곡과 집이 있는 일산을 오가며 살다 보니 서울에 나갈 일이 별로 없습니다. 처음에는 이곳에 정이 들지 않아 예전 살던 서울로 자주 드나들며 사람들도 만나곤 했었는데 시간이 흐르면서 이곳 일산에서의 삶이 몸과 마음에 들게 되면서 여간해서는 서울로 나갈 일이 없게 되었습니다. 그저 한 달에 한두 번 책과 음반을 사기 위해 서울에 들릅니다. 마음이야 틈 나는 대로 서점에 들러서 마음에 드는 책이며 음반들을 다 사고 싶지만 일정한 수입에 그것들을 다 살 수는 없는 노릇이어서 꼭 필요한 것들의 목록을 적어두었다가 그것들만 사러 갑니다.

서점을 한 바퀴 둘러보는 데 거의 반나절이 다 걸립니다. 이 책도 들춰보고 저 책도 꺼내보고, 이 음악도 들어보고 저 음악도 듣다 보면 시간이 훌쩍 지나갑니다. 그래도 그 시간이 한 달 중 가장 행복한 시간 가운데 하나입니다. 그런데 요즘 소위 베스트셀러라는 책들을 보면 하나같이 돈 버는 책이나 처세술에 관한 것들 일색입니다. 굳이 탓할 일만은 아니겠지요. 누구나 돈 많이 벌고 출세하고 싶어 합니다. 게다가 IMF 파동 이후 지금까지 경기가 풀리지 않는 데다가 직장에서의 자리마저 위태로우니 그럴 법도 하겠지요. 하지만 그 수많은 책들 가운데 돈벌이 책과 처세술 책들만 판을 치는 것은 안타까운 일입니다. 그 책을 보는 사람들 눈에는 이글이글 타오르는 어떤 살기까지 느껴집니다. 요즘은 노후 대책에 관한 책들이 강세더군요. 현실의 팍팍함이 미래의 불안을 체감하게 만들기 때문이겠지요.

현실이 이러니 다른 책들은 잘 팔리지 않습니다. 현실에서의 이익을 추구하는 것이야 좋은 일이고 권할 일이겠지요. 하지만 그 부피만큼 내면의 울림에 대해서도 느끼며 살아가야 하지 않을까 하는 생각에 안타까움과 절망을 느낍니다. 거기에 분노할 생각도 자격도 없지만 헛헛한 마음은 어쩔 수 없습니다. 하기야 그런 책이라도 보는 것을 감사해야 할지도 모르겠습니다. 어쨌든 책은 읽는 거니까요.

흔히 가을은 독서의 계절이라고 합니다. 하지만 가을은 방 안에 앉아 책만 읽고 있기에는 너무 아까울 만큼 좋은 계절입니다. 가을은 여행의 계절이고 사색의 계절입니다. 사실 '가을은 독서의 계절'이란 말은 일본의 한 출판사에서 지어낸 말이라고 합니다. 계절을 즐기느라 책을 보지 않아 매출이 급감하자 그 타개책으로 만들어낸 말이라죠, 아마? 사실 책을 읽기에는 한여름과 한겨울이 제격입니다. 더위와 추위 때문에 밖에 나가지 못할 때 편안히 쉬면서 책을 읽는 것만 한 일이 없습니다. 이번 여름에는 책이나 실컷 읽으며 지낼 생각입니다. 도스토옙스키의 《까라마조프의 형제들》은 언제 읽어도 세상사며 사람들의 진면목을 항상 새롭고 놀랍게 발견할 수 있는 기쁨을 줍니다. 분량과 내용과 특히 러시아 특유의 명칭이 주는 부담도, 그리고 이미 한 세기 넘어선 시간도 그 기쁨을 깎아내지는 못합니다. 그리고 장 그르니에의 《섬》을 읽으면 시간의 침잠과 삶의 너그러움을 배울 수 있어서 행복합니다.

책은 가장 가까운 영혼의 벗, 솔 메이트(soul mate)입니다. 물론 함께 만나거나 혹은 그저 기억만으로도 영혼이 맑아지고 저절로 미소를 짓게 만드는 사람도 좋은 솔 메이트지요. 그러나 책은 정신의 양식일 뿐 아니라 자신을 비춰보는 영혼의 거울입니다. 같은 책을 시간이 한참 지난 뒤에 다시 읽어 보았을 때의 그 낯익음과 낯섦의 이중주는 이전에 그 책을 읽었을 때의 나를 되돌아보고 변한 내 모습을 긴 시간의 호흡 속에서 찬찬히 음미할 수 있다는 점에서 매력적입니다. 낡은 책장을 넘길 때 코끝에 감기는 종이 냄새는 또 얼마나 짜릿한지요! 새 책은 페이지를 넘길 때 손끝에 사각거리며 닿는 날카로운 촉감과 잉크 냄새가 달콤한 관능으로 다가옵니다.

오늘은 미리 적어놓은 목록에 있는 책뿐 아니라 여러 장르의 책들을 더 골랐습니다. 유쾌한 충동 구매였습니다. 덕분에 지갑은 홀쭉해졌지만 묵직한 책의 무게와 부피는 놀이공원 가는 어린아이처럼 걸음을 가볍게 만들었습니다. 당장 오늘 밤새 책을 다 읽고 싶지만 그냥 책상에 올려놓기로 했습니다. 최고의 만찬을 서둘러 폭식하지 않는 것처럼 조금씩 최대한 음미하면서 맛보고 싶기 때문입니다. 오늘은 책상 위 상차림이 푸짐해서 장마 끝자락도 코감기 끝에 코 뚫리듯 시원하게만 느껴집니다. 어쩌면 책 내용이 궁금해서 오늘밤 쉬 잠을 이룰 것 같지 않네요.

눈 내린 종묘에 첫 발자국을 남기며

밤 사이 가득 눈이 내렸습니다. 치울 일이나 미끄러운 길 때문에 고생할 걱정 따위는 나중 일이고 먼저 반가운 마음뿐입니다. 산에는 설화(雪花)가 가득 피었습니다. 눈이 내린 곳은 각각 다르더라도 눈은 모두를 하나로 덮어서 세상이 한 가지 색깔로 묶였습니다.

눈이 풍성하게 내리면 저는 종묘를 찾아갑니다. 오늘도 서둘러 아침을 마련해놓고 일찌감치 지하철을 탔습니다. 어떤 이는 눈이 와서 웃음까지 벙글거리고 어떤 이는 눈이 내린 탓에 지각할 일이 걱정인지 수심이 가득합니다. 하지만 그 사람도 막상 눈길을 걸으면 근심이 잠시나마 접힐 겁니다.

문 여는 시간에 맞춰 간 까닭인지, 어차피 겨울에는 찾는 이 별로 없는 데다 눈까지 내려서 그런지 사람이 거의 없었습니다. 발자국이라고는 정전(正殿)으로 곧장 가는 길에 새겨져 있는 게 다였습니다. 아마도 관리하는 분의 발자국 같았습니다. 오른쪽 길을 택했습니다. 고맙게도 아무도 지나간 흔적이 없습니다. 제 걸음이 남기는 첫 발자국(저는 눈이 내리면 어쩐 일인지 무조건 프랑스 노래 〈Le Premier Pas〉가 제일 먼저 떠오릅니다. 프랑스어로 '첫 발자국'이라는 뜻이지요. 클로드 차리의 기타 연주를 들으면 금세라도 눈물이 왈칵 쏟아질 것만 같습니다)을 돌아보며 마치 높은 봉우리를 맨 처음 오르는 사람처럼 뿌듯했습니다.

길디긴 정전의 지붕에도 눈이 가득 쌓여서 무거워 보였습니다. 하지만 정전은 모자를 쓴 자신의 모습이 궁금한지 제 안경을 거울 삼아 보려는 듯 저를 느긋하게 바라보고만 있었습니다. 담장을 끼고 걷는 정취는 굳이 천박하게 표현하자면 별미 중의 별미입니다.

소나무는 눈의 무게를 감당하지 못하고 당장이라도 가지 하나를 뚝 부러뜨려 제 짐을 벗을 듯 위태롭게 보였지만 느티나무며 팽나무는 헛헛한 제 몸 두르는 새 옷이 못내 마음에 흡족한지 싱글벙글 웃고만 있습니다. 봄 벚꽃 터널 밑을 지나는 것도 장관이지만 이렇게 아무도 없는 종묘에서 눈꽃 터널을 지나는 정취에는 미치지 못하는 것 같습니다.

자판기 커피를 꺼내 마시며 사방을 둘러봐도 온통 눈밭뿐입니다. 번잡한 도심의 한복판에 서 있다는 느낌은 조금도 없습니다. 깊은 숲 고즈넉한 산사에라도 와 있는 듯 홀로 걷는 성찬(盛饌)입니다. 자리마다 온통 눈 방석이어서 어디 슬쩍 엉덩이라도 걸치며 쉬지 못하는 것이 아쉽기는 했지만 배부른 성찬에는 아무런 걸림돌이 되지 못했습니다.

중학교 시절 눈 내리면 창덕궁으로 몰래 넘어 들어가 신나게 눈싸움을 하다가 쫓겨났던 추억들이 겹치며 서른 해 넘는 간격을 한순간에 좁혀놓습니다.

종묘를 나서니 이미 큰 길에는 제설 작업으로 까만 아스팔트 도로가 그대로 드러나 있습니다. 하지만 여전히 눈으로 덮여 있는 하루입니다. 우리 마음에도 눈이 가득 내려 위로와 평화가 느긋하게 찾아오는 하루입니다. 눈길을 걸은 탓에 신발에는 물이 찼지만 오늘은 발이 시리다는 생각이 들지 않는 너그러움까지 가슴에 품게 됩니다. 지상으로 나오는 지하철 창밖으로 북한산이 그림처럼 가득 스쳐갑니다.

난 키우기와 무소유

저 같은 사람이 난을 선물받을 일은 거의 없습니다. 다른 사람 승진이나 축하받을 때 나눠주는 것을 데려온 게 전부입니다. 전에 분재를 여럿 죽인 전과가 있어서 난을 잘 키워야 한다는 게 여간 부담 되는 일이 아니었습니다. 물을 너무 자주 줘도 안 되고 너무 안 줘도 안 되는 게 식물 키우기의 어려운 점이지만 난은 다른 것보다 유달리 손이 많이 가는 것이어서 신경을 더 쓰게 되는 모양입니다.

다행히 화분 두 개는 살고 있습니다. 꽃을 보기 쉽지 않다는데 벌써 서너 해를 거르지 않고 꽃을 피우고 있으니 천만다행입니다. 난을 좋아하는 사람들은 한 촉에 수천만 원을 호가하는 것들도 가지고 있다는데, 저는 그저 이렇게 평범하게, 저 같은 손방도 큰 탈 없이 키울 수 있는 수수한 난이 고마울 뿐입니다. 불면 꺼질세라 품으면 깨질세라 애지중지 할 엄두도 나지 않거니와 그게 돈이라고 생각하면 불안해서 제가 거기에 묶일 것만 같기 때문입니다. 법정 스님은《무소유》라는 책에서, 당신이 암자를 여러 날 비울 때마다 다른 스님에게 부탁하기도 그렇고, 무엇보다 당신 마음이 그 난에 묶여 있는 것이 수행승의 삶에 썩 어울리지 않아 과감하게 다 나눠주었다는데, 그 마음 한 자락쯤은 이해할 수 있을 것 같습니다.

최고의 것, 최상의 것을 싫어할 사람 없을 겁니다. 저 역시 그런 것 가지면 우쭐해지고 흐뭇해집니다. 그러나 그건 자칫 모시고 사는 상전이 되기 십상이라는 걸 압니다. 행여 어디 망가지거나 다치지 않을까 노심초사 하는 부자유가 부담스럽습니다. 그래서 편하고 쉬운 것들에 마음이 갑니다.

삶도 사람도 마찬가지인 것 같습니다. 때론 알면서도 눈감아줄 수 있는 아량과 기다려줄 줄 아는 너그러움을 갖춘 삶과 그런 사람이 좋습니다. 하지만 무작정 그렇게 하는 것이 아니라 다시 원래의 모습으로 돌아올 것이라는, 때가 되면 제 값을 다할 것이라는 믿음이 있는 경우에만 그렇겠지요.

가끔은 사람이 나무처럼 살 수만 있다면 얼마나 좋을까 하는 생각을 해봅니다. 한 자리에서 묵묵히 주어진 햇살과, 때 되면 잊지 않고 내리는 빗물만으로도 기꺼워하며 한 해에 한 뼘씩 자라서 어느 틈에 커다란 나무가 되어 그늘도 되고 목재도 되는, 그런 '아낌 없이 주는 나무'처럼 살 수만 있다면 세상 사는 게 헛일도, 힘들기만 한 일도 아닐 거라는 생각이 듭니다.

법정 스님처럼 온전하게 무소유로 살 수는 없겠지요. 그렇게 살고 싶어도 그럴 수 없는 게 세상살이이니까요. 하지만 그건 스님이니까 할 수 있는 일이 아니라 제 삶 속에서도 조금은 따라 할 수 있는, 따르고 싶은 지향입니다.

잎 끝이 갈라지는 걸 보니 뿌리에 이상이 있는 것 같습니다. 식물 병원에도 보내고 분갈이를 시켜야 할 모양입니다. 제 무심함에도 이때껏 버텨준 난들이 고맙습니다. 제 게으른 심성도 함께 보내서 고칠 수 있다면 좋겠습니다. 그게 안 되면 묵은 찌꺼기 털어내는 분갈이라도 해야겠습니다.

그리 비싼 난은 아니지만 그래서 더 다감하고 고마운, 그러나 자신을 돌아볼 수 있게 해주는 이 난들이 아프지 않고 잘 자라 내년에도 다시 꽃과 향훈을 나누어줄 수 있으면 더 바랄 나위가 없겠습니다.

숲이 그리울 때면

나무들 즐비하게 늘어선 모습을 보는 것만큼 행복한 일도 드물 겁니다. 저는 자작나무 늘어선 숲길 걷는 때가 가장 행복합니다. 그리고 드물기는 하지만 삼나무 숲을 보면 또 다른 기쁨과 평화를 느낍니다.

많은 사람들은 제주도 하면 제일 먼저 바다를 떠올리고, 한라산과 함께 이국적인 풍광들을 기억합니다. 물론 저라고 중뿔난 생각을 가진 건 아니지만, 그래도 눈 감으면 가장 먼저 떠오는 건 바로 삼나무 숲입니다. 특히 산굼부리에서 되돌아나와 성읍 쪽으로 갈라지는 길목에 늘어선 삼나무 숲은 결코 그냥 지나치지 못할 곳입니다. 그래서 갈 때마다 꼭 차를 세우고 한참 동안 그 길을 걸어봅니다. 표선 못 미쳐 낮은 오름(기생화산)에 당당하게 서 있는 삼나무 숲 또한 잊을 수 없습니다. 몇 해 전 직원 연수차 제주도에 갔다가 그 숲을 다시 찾아갔을 때의 반가움은 지금도 새록새록합니다. 작년 여름 새벽 나인브리지 산책하며 찾아낸 안덕의 삼나무 숲도 맛깔스럽기는 그에 뒤지지 않았습니다.

바다는 처음 볼 때는 탁 트이는 청량감에 감동하지만 이미 한꺼번에 모두 맛본 뒤의 뒷맛처럼 그다지 잔잔한 여운이 길지 않은 데 반해, 숲은 들어갈수록 하나하나 느끼는 행복이 느긋합니다. 숲은 누구든지 저절로 사색가로 만드는 모양입니다. 풀 한 포기, 나무 한 그루, 놀란 듯 뛰어가는 산짐승들 하나하나가 모두 나와 자연을 하나로 묶는 고리가 되어, 이고 지고 끌고 온 생각을 모두 덜어내고 넉넉한 가슴을 안고 가게 만듭니다. 지금도 그 숲들을 상상하는 것만으로도 턱까지 파고 드는 은근한 짜릿함으로 행복합니다.

하지만 아침 안개 속에 은빛 병풍처럼 늘어선 산중턱의 자작나무 숲길보다 더 달콤한 것은 없지 싶습니다. 자작나무는 춥고 습기가 많은 지역에서 잘 자라는 나무입니다. 다른 나무와는 달리 기름기가 넉넉하게 담겨 있어서 옛날 사람들은 횃불로 삼아 쓰기도 했다는 나무입니다. 자작나무라는 이름도 거기에서 따왔다고 합니다. 불 붙이면 '자작자작' 타는 소리가 그 나무를 자작나무로 불리게 만들었습니다. 이 나무는 마치 은어(銀魚)처럼 반짝이는 줄기를 가지고 있어서 멀리서도 쉽게 눈에 잡힙니다. 그리고 은어에서 수박 냄새가 나는 것처럼, 자작나무도 독특한 목향을 지니고 있어서 그 숲에 들어서면 머리가 청량하게 맑아지는 걸 금세 느끼게 됩니다. 그래서 자작나무 숲을 걸으면 모두 철학자가 된다고 서양 사람들이 이야기하는 모양입니다.

남도에 가면 울창한 대나무 숲길이 또 저를 행복하게 합니다. 하늘 위로는 가지런하게 늘어선 잎들이 작은 바람에도 사그락사그락 재잘대느라 시끄럽지만, 아래로는 꼿꼿한 줄기 사이로 차분함과 고요가 서려 있는 숲입니다. 그 소리의 정겨움은 다른 나무들과는 또 다른 새로운 행복입니다. 느긋하게 뒷짐지고 걷는 대나무 숲은 거기에 가야만 맛볼 수 있는 정경입니다. 추운 곳에서는 잘 자라지 않아 서울에서는 자주 맛볼 수 없는 것이 아쉽습니다.

늘어선 나무 사이로 걷다 보면 심신의 위로와 따뜻한 인사로, 시든 잎에 물 오르듯 금세 파릇하게 활기를 얻게 됩니다. 숲에서는 나무의 겸손과 너그러움과 서둘지 않는 관조를 배울 뿐 아니라 모든 것을 다 내어놓는 자유를 새삼 깨닫습니다. 잠시 동안이라도 숲길 걷고 나면 그렇게 평화롭고 따뜻해집니다. 그래서 이렇게 가끔은 눈 감고 그 길 더듬어 걸어봅니다. 마음은 늘 그 숲길에 저를 묶어둡니다. 그저 떠올리는 것만으로도 행복한 건 사랑하는 사람을 그리던 연애 시절 말고는 그다지 없었지 싶습니다.

오늘 또 잠시 눈을 감아봅니다. 숲길에 다녀오렵니다. 그 숲은 영원한 자궁입니다. 벌써 숲에서 불어오는 바람은 은은한 목향을 제 코에 들이밉니다. 그것만으로도 벌써 가슴이 뛰웁니다. 이렇게 그리워 할 수 있는 숲이 있다는 것만으로도 삶은 충분히 행복합니다.

눈 감고 지금 그 숲으로 내달려 갑니다.

반갑다, 친구야

언젠가 꼭 한 번 만나야겠다고, 만났으면 좋겠다고 그렇게 마음에 담고 있던 친구를 우연히, 정말 '어처구니없게도' 신호등을 기다리다가 눈이 마주쳐서 만났습니다. 조금은 변했지만 단박에 그를 알아볼 수 있었습니다. 동시에 차창문을 내리고 "저, 혹시…… 그래, 너구나!" 그렇게 탄성처럼 외마디를 외쳤고 신호를 받자마자 건너편 길가에 차를 세우고 차문을 열고 나와 그저 웃었습니다. 그렇게 하고 싶은 말이 많았는데, 막상 만나고 나니 아무 말도 나오지 않았습니다.

그 친구도 저를 많이 생각했다는 말에 그저 고마울 뿐이었습니다. 10여 년 전에 우연히 전해 듣기로는 강남에서 제법 큰 사업을 한다고 했는데 자세한 소식도 몰랐고 그의 연락처를 아는 친구들도 없었습니다.

다행히 서로 아주 바쁜 일은 없어서 근처 카페에 갔습니다. 얼굴은 옛날 그대로인데 자세히 보니 그 친구도 가는 세월에는 어쩔 도리가 없는지, 아니면 그사이 어려운 일이 있었는지 눈가며 이마에 주름이 물결을 이루고 있었습니다. 엄청나게 많은 시간의 간격이 몇 단락의 이야기로 다 채워졌습니다. 잘나가던 사업이 IMF 파동 때 한순간에 무너졌고 그 일로 인해 아내와도 이혼하고 지금은 혼자 산다는 넋두리에 마음이 아팠습니다.

그러나 그의 얼굴은 이상하리만큼 평화로워 보였습니다. 그 나이쯤 되는 중년 사내의 얼굴에는 삶의 이력들이 대충 나타납니다. 그의 과거사와 현재의 얼굴은 쉽게 포개지지 않았습니다. 그런데 그의 말을 들으니 그제야 이해할 수 있었습니다.

"내가 어렵게 자랐잖니. 일 중독이라는 말을 들으면서까지 죽어라 일만 했어. 새벽에 나가서 밤 늦게 귀가하니 아이들 서 있는 모습보기가 서울 하늘에서 별 보기보다 어려울 정도였지. 그래서 제법 성공도 했지. 무역으로 돈도 많이 벌었어. 형제들에게 도움도 많이 줬지. 그런데 IMF 때 환율은 두 배, 아니 세 배 가까이 뛰는 데다 판로마저 막히니 그대로 빚만 떠안게 되더라고. 빚 독촉에 죽을 생각도 많이 했다. 날마다 술만 퍼마셨어. 그러니 집사람도 견디질 못하더라고. 이판사판 자포자기였어. 형제들이 도와주려 하기에 내가 막았어. 밑 빠진 독에 물 붓는 일 하지 말라고. 죽어도 나만 죽어야지 하는 생각뿐이었어."

두 해를 폐인처럼 지내던 그 친구를 건져준 건 오토다케 히로타다였습니다. 《오체불만족》이란 책을 통해 오토다케를 본 그는 너무나 부끄러워 그날로 술을 끊었다고 했습니다. 사지육신 멀쩡하고, 다행히 쉰이 넘기 전에 사업에 실패해서 다시 재기할 수 있으니 그것만으로도 얼마나 감사한 일인가, 이건 삶의 경건함에 대한 무례한 배반이다 싶은 생각에 택배 일을 시작했고 타고난 부지런함으로 어렵잖게 회복할 수 있었다고 합니다. 그랬을 겁니다. 등록금 때문에 늘 쪼들리면서도 한 번도 우울한 기색을 보이지 않았던 친구입니다. 점심시간이면 빈손으로 온 그를 위해 앞뒤 책상 붙여 도시락 세 개를 넷으로 갈라 먹었던 때에도 고마워는 했지만 비굴한 표정을 드러낸 적이 없는 친구였습니다.

"이런 얘기도 처음 하는 거다. 아직 아무에게도 말하지 않았는데 널 만나니 이상하게 그냥 나오네."

커피를 세 번이나 거듭 채워달라는 게 미안했지만 한참 동안 그렇게 서로 지난 이야기들로 시간 가는 줄 몰랐습니다. 아까 황색 신호에 그냥 지나칠까 했는데, 느긋하게 정차하지 않았다면 그 친구를 평생 다시 만나지 못했을 겁니다. 그런데 그 친구도 저와 똑같은 생각을 했다고 해서 한참을 웃었습니다. 한순간의 여유로 우연한 해후의 선물을 얻었습니다. 언제 다시 만나 소주라도 한잔 하기로 하고 헤어졌습니다.

하루가 이 일로 마냥 행복했습니다. 그 행복을 되새김하고 있는데, 휴대전화에 문자가 떴습니다.

"마음에서 지우지 않으니 이렇게 보는구나. 신호등이 오늘따라 너무 고맙다. 죽지 않길 잘했어. 널 다시 보다니. 오토다케가 고맙네."

살면서 이런 일이 10년에 한 번 있어도 기다릴 가치가 있는 것 같습니다. 다음 달이면 베트남으로 가서 사업을 다시 시작한다는 그 친구를 실컷 만나야겠습니다. 오토다케가 새삼 고마웠습니다. 저는 지금 책상에서 오토다케를 읽고 있습니다. 저도 부끄러워지기 위해.

건강한 쾌락주의자

'고전'이라는 말의 정의가, 모든 사람이 읽기를 권하면서도 아무도 읽지 않는 책이라는, 자조적인 의미로 변한 세태이긴 하지만, 그래도 고전이 주는 문명사적 의미가 퇴색하지는 않아서 언제든지 한번 읽게 되면 삶을 깊이 들여다볼 수 있어 좋습니다.

그런 책 가운데 하나가 바로 《지킬 박사와 하이드 씨》로, 제목은 많이 들어봤고, 내용도 대충은 귀동냥으로 들었을 책입니다. 스티븐슨이 1866년에 쓴 책이니 벌써 150년이 지난, 말 그대로 고(古)전입니다. 하지만 이 책은 한 시대를 관통하는 놀라운 예지를 담고 있습니다. 근대 이후 인간은 끊임없이 '자유로운 개인'이라는 절대 가치를 위해 싸워왔습니다. 지금 우리가 당연한 것으로 누리고 사는 것들도 사실은 앞서 산 사람들의 피와 눈물의 결실입니다. 이 가치의 실현에 가장 결정적으로 영향을 미친 것을 두 개만 꼽으라면 프랑스 대혁명과 산업혁명을 들 수 있을 겁니다.

산업혁명을 통해 사람들은 이전에 맛보지 못한 엄청난 변화를 경험했습니다. 이미 어느 정도 대중화된 교육을 통해 지적 성장을 한 사람들은 이 결실이 어떤 것인지 금세 알았습니다. 이제는 누구든지 원하기만 하면(물론 실질적 실현은 여전히 아득했지만, 적어도 이념상으로는) 자신이 꿈꾸고 바라던 것을 가질 수 있었습니다. 그러나 여전히 의식이 지배하는 세계는 그런 인간의 솟아나는 욕구와 욕망을 억누르고 잠재웠습니다.

스티븐슨은 이러한 인간의 변모와 한계를 예지한 사람입니다. 지킬 박사는 의식에 따라 사는, 규범과 질서에 맞춰 사는 사람입니다. 그와는 정반대로 하이드 씨는 감성과 욕망의 명령에 거스르지 않고 마음껏 자신의 바람을 따라 살려는 사람입니다. 그러나 소설에서 보듯 지킬 박사와 하이드 씨는 결코 동시에 한 사람일 수는 없었습니다. 이것은 당시 인간의 한계이며 비극이었습니다. 만약 둘이 동시에 한 사람에게서 나타난다면 그건 다중인격자이거나 미친 사람이었을 겁니다. 한 시대를 이렇게 날카로운 문명 비판 의식으로 관통한 책을 찾기란 그리 쉽지 않을 겁니다.

이런 고민을 30여 년 뒤에 풀어낸 사람이 바로 프로이트입니다. 그는 의식의 세계만 있다고 믿었던 사람들에게 잠재의식이라는, 훨씬 더 거대한 정신세계가 있음을 밝혀냈습니다. 그리고 그것은 한 사람 안에 동시에 존재하고 작용하는 것임을 보여주었습니다. 프로이

트는 스티븐슨의 고민을 그렇게 해결한 겁니다. 19세기에서 20세기로 넘어가는 가파른 변화는 그렇게 두 사람을 통해 극적으로 표현되었습니다. 잠재된 욕구가 비인간적이고 비합리적인 것이 아니라 의식과는 전혀 다른, 그러면서도 인간 내면에 잠재되어 있는 거대한 힘이라는 것을 알았을 때, 비로소 인간은 그 굴레에서 벗어날 수 있었던 겁니다.

스티븐슨의 삶은 소설의 성공과는 달리 참으로 고달프고 힘들었습니다. 그러나 그는 가난과 외로움으로 삶의 질곡을 겪으면서도 인간에 대한, 시대에 대한 애정과 통찰은 거두지 않았습니다. 우리가 그저 습관의 일부로 알고 있을 만큼 널리 알려진 그의 이야기는 사실은 지금 오늘 우리에게도 여전히 해당되는 것이라는 생각이 문득 문득 듭니다.

특히 저희 세대는 그 둘의 갈등과 반목이 교차되는 속에서 자란 때문인지 지금도 스티븐슨의 고민에서 벗어나지 못하고 있는 것 같습니다. 고매한 인격의 추구와 거스를 수 없는 욕망의 갈림길에서 늘 어찌할 바를 모르고 허둥댑니다. 그래서 인격적으로도 성숙하지 못하고, 욕구 표현에도 주체적이지 못한 어정쩡한 상태에 머물러 있지는 않은가 걱정됩니다. 겉으로는 못내 엄숙하고 진지한 척하지만 속으로는 온갖 유혹에 흔들리며 위태롭게 삽니다. 솔직히 저는 날마다 그 둘 사이에서 갈등을 겪습니다.

이제는 더 이상 가면 속에 숨어 있고 싶지 않습니다. 건강한 쾌락주의자가 되고 싶습니다. 흔히 쾌락은 퇴폐적이거나 비생산적인 것과 같은 걸로 느껴지는 게 사실입니다. '증산, 수출, 건설'이니 '조국의 근대화'라는 표어 속에서 자란 저희에게는 어쩌면 당연한지도 모르겠습니다. 그러나 쾌락은 단순한 생리적 욕망의 표출과 만족이 아니라 건강하고 당당한 가치입니다. 그래서 영어에서 '쾌락적인'이란 말이 'pleasant'와 함께 'agreeable'이라는 낱말로 쓰이는지도 모릅니다.

마음껏 즐기며 살고 싶습니다. 그러나 진정한 쾌락은 몸도 마음도 더불어 성숙한 사람에게 가능한 일입니다. 스티븐슨이 일찍이 간파한 것을 저는 아직도 허덕이며 부여안고 있습니다. 이제라도 숨어서 낮은 포복으로 몰래 기어갈 것이 아니라 당당하게 그 길을 걷고 싶습니다. 이젠 그럴 때가 되었습니다. 아니 늦었습니다.

번뇌를 극복하는 길

지금은 새벽 4시. 집안은 조용하고 길 건너 24시간 편의점만 불을 밝힌 채 열려 있습니다. 사람이라는 게 은근히 묘해서, 번잡한 시간에는 미처 몰랐다가 이렇게 고요한 새벽, 바이오 리듬을 잃었는지 잠을 이루지 못하고 깨어 있게 되니 비로소 저 자신과 세상이 아무런 중간항 없이 만나고 있음을 느끼는 것 같습니다. 세상이 생동감 넘칠 때는 느끼지 못하던 것을 고요 속에서 느끼는 건 아마 둔감과 민감의 교차 때문인 모양입니다.

아주 오래전 산사(山寺)에 사흘을 머무는 동안 거의 내내 느꼈던 그 감당하기 어려운 대면이 떠오릅니다. 새들도 모두 잠들고 오직 들리는 소리라고는 바람이 씻어가는, 사그락대는 나뭇잎들의 조용한 수다뿐, 어쩌다 산새의 울음소리만 간주곡처럼 간간이 들이던 그 작은 암자에서 갑자기 치밀어 오르던 물음.

"너는 누구인가? 이 시간에 왜 여기 와서 잠 못 이루고 있는가?"

먼 길 떠나기 전 그 길이 과연 올바른 길인가 스스로 자문하기 위해, 그 두 해쯤 전 지리산에서 우연히 만난 스님의 산방을 예고도 없이 어렵사리 찾아갔을 때 스님은 왜 왔느냐 묻지도, 언제 갈 거냐 알려고도 하지 않았습니다. 제 표정을 보고 대충 짐작은 했을 터인데, 그리고 어차피 제가 불자도 아니어서 수계를 받으러 온 사람도 아니었기에 그리 반갑지만은 않았을 텐데, 스님은 그저 사람 좋은 넉넉한 웃음으로 반길 뿐, 아무 말도 하지 않았습니다.

아마 이틀 동안 우리가 나눈 대화는 거의 없었던 것 같습니다. 어쩌면 그분은 허공에 날리는 부질없는 이야기를 일부러 막으려 그러셨는지도 모르겠습니다. 깊은 산 속 숨은 듯 자리 틀고 있는 암자에 찾아온 젊은이가 대화를 위해 온 것은 아님을 알았기 때문이었을 겁니다. 그래서 온전히 스스로의 모습을 들여다보라고 스님 방 흔쾌히 내주시고 당신은 법당에서 좌선에 들었던 것 같습니다.

딴에는 결판을 내야겠다고 오른 산방이었지만 그 적막한 암자에서 도저히 사흘을 넘길 수 없기에 문을 나서는데 스님께서 그러시더군요.

"답을 얻으셨는가? 어제 새벽 자네가 마당에 오랫동안 앉아 있는 걸 보았네. 번뇌만 늘었다고 허탈하신가? 아닐세. 그 번뇌가 바로 자넬세. 가끔은 그렇게 새벽 고요 속에서 자신을 만나보시게. 그럼 되는 게야."

번뇌를 내려놓고 가기는커녕 오히려 미궁에 빠진 것만 같아서 내려가려는 제게 던진 말씀이었습니다. 아마 새벽 예불 전 일찌감치 일어나셔서 해우소에 다녀오시다가 저를 보셨던 모양입니다. 그러면서도 내려와 내게 한 말씀도 건네지 않으셨다고 생각하니 섭섭하기도 했습니다. 하지만 당신도 주저하다가 그냥 신발코를 돌리셨을 겁니다. 그때 제 나이 스물넷, 그 스님 직접 말씀은 없었으나 얼추 짐작컨대 서른 안팎이었을 겁니다. 그런데 6년의 차이가 아니라 60년의 차이처럼 느껴졌습니다. 몇 해 뒤 다시 찾은 암자에 스님은 계시지 않았습니다. 운수납자 수행의 길을 떠나시는 분이니 해인(海印)을 따라 지금도 어느 도량에서 수도정진하고 계시겠지요. 벌써 스물네 해가 지났습니다.

억지로 잠을 청하는데도 잠이 오지 않아 은근히 부아가 났었는데, 갑자기 그 스님의 말씀이 떠올랐습니다. 그때 치열했던 만큼의 면벽(面壁)은 아니지만 차분하고 오롯하게 자신을 만날 수 있는 소중한 시간을 갖게 된 것이 고마웠습니다. 가끔이라도 자신과 우주의 대면 속에서 번뇌하는 것이 사실은 그 번뇌를 극복하는 유일한 길이라던 그 스님이 이 새벽 갑자기 울컥 그립습니다.

불면의 어색함과 피곤이 모처럼 그때 산사에서의 묘한 달빛과 부엉이 울음 곁으로 저를 한걸음에 데려다놓습니다. 겨울이라 어스름 여명의 전령도 오려면 아직 멀었습니다. 이불 걷어차며 자는 아들녀석에게 가봐야겠습니다. 가부좌 틀고 제아무리 명상해봐도 속세에 사는 소심한 속물일 뿐입니다.

겨울밤 책 읽는 행복

삼여지공(三餘之功)이란 말이 있습니다. 삼여란 독서삼여(讀書三餘)라 하여 책 읽기에 가장 좋은 세 가지의 여유 시간이라는 뜻이지요. 그 세 가지란 한겨울과 깊은 밤, 그리고 오래 내리는 궂은비를 뜻하는 음우(陰雨)를 말합니다. 모두 활동적인 바깥일을 하기 어렵거나 불편한 시간들입니다. 그래서 옛 선조들은 밖에 나갈 수 없는 이 시간들이야말로 책 읽기에는 가장 좋은 시간이라고 타일렀던 모양입니다. 일할 수 있는 시간을 제외한 시간들이 바로 책을 읽을 수 있는 시간입니다. 언젠가 말했듯이 가을은 결코 독서의 계절이 아닙니다. 나가서 자연을 만끽하기에도 모자랄 시간입니다.

한겨울 집에 틀어박혀 있으면 따분하고 지루하고 춥기만 할 뿐이지만, 책을 읽으면 금세 삼매경에 빠져서 다 잊게 됩니다. 요즘에야 난방도 잘 되고 겨울에도 일을 안 하는 게 아니니 예전과는 다르겠지만 그래도 나다니는 게 훨씬 줄어드니 책 읽기에는 겨울만 한 계절이 없습니다. 그리고 장마 때처럼 궂은비가 지겹도록 오래 내릴 때도 책 읽기에 좋은 시간입니다. 특히 한옥에서라면 마루에 앉아 빗소리를 노래 삼거나 창호문 걸어서 방 안에서 듣는 후드득 소리를 듣는 것만으로도 느긋하게 정겨울 겁니다.

그러나 계절에 상관없이 책 읽기에 가장 좋은 시간으로는 깊은 밤만 한 게 없습니다. 하루의 번잡스러움이 모두 가시고 적당한 피로와 휴식을 맛볼 때, 어제 읽다가 접어둔 책을 꺼내 일일연속극처럼 이어 읽는 맛은 또 다른 하루의 행복입니다. 일주일 정도 이어 읽느라 갈피마다 몇 개씩 접힌 흔적들을 바라볼 때마다 그 매듭들이 명전(明轉)과 암전(暗轉)으로 엇갈리며 떠오릅니다. 요즘 살아가면서 밤을 오롯하게 책 읽으면서 지낸다는 게 그리 쉬운 일도 아니거니와 때로는 한 번에 길게 끌고 가는 독서보다 짬짬이 잘라 읽는 것도 여간 재미난 게 아닙니다.

겨울은 다른 계절보다 활동성도 적을 뿐 아니라 밤도 길어서 책을 읽기에는 그만입니다. 한참 동안 책 읽는 즐거움에 빠져 있다가 창밖으로 눈이라도 펑펑 내리는 걸 보면 얼마나 황홀한지 모릅니다. 차갑지만 솜처럼 포근할 것만 같은 눈이 종이 속에 거둬놓은 글자들을 모두 풀어헤쳐 눈과 함께 나부끼게 만듭니다. 그러면 우리의 마음도 고스란히 알몸으로 그 위를 뛰어다닙니다. 삼여 가운데 겨울과 깊은 밤이 한꺼번에 있는 요즘, 눈까지 내리면 그야말로 여름철 팥빙수처럼 달콤하고 상큼합니다.

TV를 볼 때는 나도 모르게 낄낄거리면서도 늘 헛헛하다는 느낌을 지울 수 없는데, 책 읽는 것은 제 발로 숲을 거닐고 온 것 같은 충만함이 있어서 좋습니다. 요즘 책도 읽고 옛 책도 읽다 보면 시간을 마음대로 넘나들 수 있는 타임캡슐과도 같다는 느낌을 받습니다. 또 장소의 막힘도 없으니 이보다 더 멋진 일도 그리 많지 않을 듯합니다. 겨울 밤은 그래서 행복합니다. 한 해를 마감할 때가 되어선지 요즘은 《법구경》 한 대목씩 천천히 음미하는 것도 나름대로 즐겁습니다. 마치 잘 숙성된 코냑 한 잔 입에 머금고 이리저리 돌려가며 향을 즐기는 것과도 같습니다.

한 해가 저물고 있습니다. 지난 한 해 기쁜 일도 있었고, 부끄러움 씻겨지지 않는 일도 많았습니다. 새해는 다시 스스로 다잡아 좋은 일 열심히 하며 살아야겠습니다. 책은 그런 저에게 행복한 자양이 되어서 고맙고 소중합니다. 요란하게 한 해를 마감하기보다는 차분하게 책을 읽으며 정리하는 것도 좋겠습니다.

창밖에 함박눈이 펑펑 내립니다. 잠시 책을 덮고 손 내밀어 그 눈 쥐어봅니다. 겨울 밤의 소박한 행복입니다.

뜻밖에 찾아온 일탈의 행복

모처럼 신촌에 나갈 일이 있었습니다. 집 앞에서 버스를 타고 창밖 풍경을 감상하다가 수색 어디쯤에서 그만 잠이 들었던 모양입니다. 눈을 떠보니 버스는 이미 아현동 굴레방다리 고가도로를 신나게 달리고 있었습니다. 퍼뜩 정신이 들어 허둥지둥 하차문을 향해 몸을 이끌었습니다. S자 커브길에서 몸이 휘청 흔들리며 자칫하면 넘어질 뻔했습니다. 그 순간 내려서 신촌으로 돌아가는 버스를 갈아탈까, 아니면 그대로 타고 가다가 시청쯤에서 내려서 다른 볼일이나 볼까 갈등했습니다. 그래도 되돌아가는 길이 그리 멀지 않아 일단 내려서 돌아갔습니다. 신촌에 나오려면 또다시 큰맘 먹어야 하는 까닭이기도 했습니다.

집을 나설 때는 신촌에서 볼일을 끝내고 그냥 돌아올 생각이었는데, 아까 졸다 내린 버스에서 어디 다른 데 갈 곳이 없을까 생각하던 차에 청계천을 떠올렸습니다. 청계천을 복원한 지 벌써 두 해가 지났는데 아직도 제대로 청계천을 본 적이 없었습니다. 지하철을 타고 시청에서 내려 이제는 옛 정취가 다 사라져버린 다동(茶洞)을 거쳐 청계천에 다다랐습니다. 상전벽해(桑田碧海)라더니, 청계천은 놀라운 모습으로 바뀌었습니다. 그러나 너무 인공적인 냄새가 나서 그다지 정겨운 풍광은 아니었습니다. 예전에 공구를 사러 가거나 어쩌다 떨리는 가슴 누르며 도색잡지를 뒤지던 세운상가의 침침한 모습은 찾아볼 수 없었습니다. 끝까지 가볼 생각이었는데, 인공적인 모습이 지겹기도 하고 다리도 아파서 동대문쯤에서 내를 건너 되돌아오다가 햄버거를 하나 사들고 종묘에 갔습니다.

예전에 조용하고 고즈넉하기까지 했던 종묘는 이제 탑골공원에서 넘어온 어르신들이 차지하고 계셨습니다. 하지만 정전(正殿)의 그 웅대하면서도 단단한 자태는 의연하게 그대로 있었습니다. 아무리 뒤로 물러서도 도저히 한눈에 다 들어오지 않는 그 거대한 구조물은 그러나 보이는 이로 하여금 위압감을 느끼게 하기보다는 깃을 여미는 경건함을 새기게 하는 따뜻함을 지니고 있었습니다. 제가 종묘에서 가장 좋아하는 곳은 영녕전 뒷담 작은 숲길입니다. 거기에 앉아 있으면 도심 한복판이란 게 전혀 실감나지 않습니다. 햄버거 하나와 음료수로 허기를 채우고 한참을 앉아 한낮의 고요를 만끽한 뒤에 구름다리를 건너 창경궁에 갔습니다.

어렸을 적 벚꽃이 필 때면 돗자리 들고 몰려들던 창경궁(그때의 이름은 창경원이었지요)의 번다함은 이미 흔적도 없이 사라졌습니다. 그 옛날 이궁(離宮)이었던 그 소담함이 그대로 배어 있는, 이제는 찾는 이 별로 없어서 오히려 그 조용함이 제격인 모습이 반가웠습니다. 여기는 회전 비행기가 있던 자리, 저기는 백일장 때 후다닥 글 대충 써 놓고 친구들과 말뚝박기 하던 자리, 또 저기는…… 하면서 옛날 일이 떠올랐습니다. 그때 함께했던 친구들의 얼굴이 새삼 그리워지더군요. 그러면서 그들의 현재가 궁금했습니다. 다니던 중학교가 창덕궁 옆에 있어서 참 많이 드나들었던 곳입니다.(그때의 개구멍들은 다 어디에 있는지!)

버스에서 졸다가 내릴 곳을 놓치지 않았다면 오늘의 호사는 꿈도 꾸지 않았을 겁니다. 졸다가 깨어나 내릴 곳을 지났다는 낭패감으로 허둥대는 모습이 어처구니없어 스스로에게 화를 냈지만, 결국 그 덕에 누린 호사였습니다. 우리네 삶도 크게 다르진 않은 것 같습니다. 때로는 미루다가 때로는 잠깐 잊어서 혹은 게을러서 미처 하지 못하고 뒤늦게 그 일을 후회하거나 속이 상해서 스스로를 책망합니다. 그러나 어떤 때는 그 일을 지나치는 바람에 뜻하지 않은 일을 만나 생각지도 않았던 수확을 거두기도 합니다.

예정에 맞춰 살고 계획대로 준비성 있게 사는 건 정말 중요합니다. 하지만 때로는 그 궤도에서 일탈하는 것이 뜻밖의 행복이 되기도 합니다. 그게 자의건 타의건 주어진 상황을 받아들이고 즐길 수 있는 여유가 이제야 보이는 건, 순서의 바뀜이 긴 시간이 지나고 나면 별것 아니었다는 여유와 관용에서 오는 것 같습니다. 치열함과 너그러움이 그 나이에 함께 어울리지 못하는 게 비극인지 아니면 운명의 희극인지 아직은 모르겠습니다. 하지만 그건 리듬의 차이일 뿐 애당초 다른 곡(曲)의 엇갈림은 아닌 것 같습니다. 이제는 그 박자가 거의 비슷한 양으로 어울릴 수 있는 깨달음을 얻고 사는 나이가 됐다 싶습니다.

아일랜드 부엌을 꿈꾸는 남자

저는 보릿고개를 직접 겪어보지는 못했지만 같은 또래의 몇몇 친구들은 겪어봤다니 아마 우리 세대가 보릿고개의 끝자락에 서 있었던 것 같습니다. 지금도 다른 것 버리는 것은 아깝지 않은데 밥을 버리거나 떨어뜨리면 무슨 큰 죄를 지은 듯 마음속에 가시가 박히는 것도 그런 까닭인 듯합니다. 지금은 슈퍼마켓에 가도 지천에 널린 게 쌀인데도 쌀독에 쌀을 가득 부을 때면 뿌듯하고 세상 걱정이 덜어지는 걸 보면 어쩔 수 없이 저도 보릿고개 세대라는 걸 느낍니다.

부엌살림도 많이 변했습니다. 저는 연탄을 때는 부엌이 기억의 시작이지만 작은할아버지 댁에만 가도 커다란 솥이 걸린, 나무 때는 아궁이 부엌이 있었습니다. 지금은 옛날 소재 드라마에서나 어쩌다 보이는, 독특한 석유 냄새를 풍기던 풍로도 요긴한 부엌살림이었습니다. 그러다가 입식 부엌이 생기고 금세 부엌이 집의 한 중심이 된 것은 아파트 생활이 일반화되면서부터였습니다. 이젠 부엌이라는 친근감 있는 낱말도 국어사전에나 보관되어 있을 뿐, 주방이라는 한자 말이나 키친이라는 영어 단어가 더 일상화된 형편입니다. 더불어 여자들만 일하는 공간이 아니라 가족이 모두 모여 있는 거의 유일한 공간이자 대화의 울타리이기도 합니다.

저는 막내라서 그런지 부엌을 낯선 공간이 아니라 친근하고 푸근한 곳으로 여기며 살았던 것 같습니다. 엄마(이때는 어머니보다는 엄마라는 명칭이 제격입니다. 나이가 들어도 그렇습니다)는 눈 비비고 부엌으로 찾아오는 아들을 담뿍 안아주며 맛있는 걸 챙겨주는 것으로 아침 인사를 건넵니다. 그래서 어른이 돼서도 그 공간은 늘 따뜻하고 정겨운 곳으로 남아 있습니다. 그런데 살아오면서 굳어진 남성의 부엌 기피증은 제게도 어느 정도 남아 있었던 것 같습니다. 그래도 가끔은 아내와 함께 부엌에서 요리하는 것을 즐겼습니다. 이제는 이런저런 사정 때문에 부엌은 제 공간이 되어버렸습니다. 그리고 음식 장만의 조수는 아들로 바뀌었습니다.

저는 아이들과 함께 부엌에서 음식을 만들어서 이런저런 이야기 나누는 것을 좋아합니다. 아버지와 아들이라는 층(層)을 걷어낸 동료로서의 만남이 좋습니다. 그런데 저희 부엌은 기역자 형태라서 나란히 일할 수는 있지만 마주보고 일할 수 없어서 아쉽습니다. 그래서 저는 아일랜드 부엌을 꿈꿉니다. 음식을 장만하는 사람이나 함께 도와주는 사람이나 기다리는 가족들이 모두 마주보고 있을 수 있는 부억이 기껏 중년의 사내가 품고 있는 꿈이라는 게 멋쩍기는 하지만 지금도 모델하우스를 구경하거나 건축에 관한 책을 볼 때마다 가장 먼저 눈여겨보는 곳은 부엌입니다.

그릇이며 음식의 재료들이 어디에 수납되어 있는지가 빠짐없이 저장된 뇌는 부엌에 들어서는 저를 행복하게 만듭니다. 이른 아침이나 저녁에 부엌에 있으면 사방을 둘러싸고 있는 부엌살림의 주인이 된 풍성함을 느낍니다. 제 손으로 식구들의 하루를 채워준다는 보람도 제법 쏠쏠합니다. 이제는 어쩌다 아내가 부엌에 있으면 상실감을 느낄 정도가 되었습니다.

요즘은 남자들이 부엌에 드나들거나 요리하는 게 손가락질 받을 일이 아니어서 다행입니다. 처음에만 좀 어색할 뿐 부엌에 가면 나름대로 멋진 일들이 있음을 알게 될 것입니다. 가족간의 대화가 부족하다고 느낀다면 그것을 해결할 수 있는 최상의 공간은 바로 부엌이라고 말하고 싶습니다. 더 많은 사람들이 부엌에서 일하면 저의 쑥스러움도 한결 덜어질 것 같아서 은근히 그렇게 되기를 기대합니다.

좁은 부엌에서 가족들과 어깨가 맞닿는 게 때론 불편하기는 하지만 거기가 아니면 어깨 맞닿을 곳도 없다는 생각에 불편한 부엌이 때론 고맙기까지 합니다. 부엌 라디오에서 모차르트를 들으며 저녁에 먹을 상추를 씻고 있자니 가슴 한가득 평화가 밀려옵니다.

과거와 화해하기

불행한 일 가운데 하나는 자신의 과거와 화해하지 못하는 것입니다. 그러니까 화해하지 못한 과거를 안고 사는 사람이야말로 불행한 사람이 아닐 수 없습니다. 더 나이 들어가기 전에 매듭이 엉킨, 화해되지 않은 과거와 작별해야겠습니다.

의외로 화해되지 않은 과거의 주인공은 가족인 경우가 많습니다. 흔히 열 손가락 깨물어 안 아픈 손가락 없다고 하지만 더 아픈 손가락과 조금 덜 아픈 손가락 있는 건 부인할 수 없습니다. 말을 못했을 뿐이지 아이들은 그걸 예민하게 느낍니다. 아니 예민해서가 아니라 아주 오랫동안 쌓여온 것이어서 자신도 모르는 사이에 몸에 배어 있을 수밖에 없습니다. 그래서 다른 형제에 대한 피해의식이나 적개심이 있을 수 있고, 권위적이고 때로는 가학적인 부모에게서 받은 상처가 있을 수도 있습니다. 그래도 같은 피를 나눈 가족이기에 어떤 계기가 되면 쉽게 그 상처가 아물 수도 있고 때로는 너무 익숙해서 그게 상처인지 모르거나 혹은 꺼내놓기가 쑥스러워 그냥 안고 사는 경우도 많습니다.

저는 학생들에게 '동성 부모의 발 씻어주기'라는 다소 황당한 과제를 하나 내주는데, 학생들의 얼굴을 보면 뜨악해하는 표정이 역력합니다. 제가 이런 유치한 과제를 머리 다 큰 대학생들에게 내주는 까닭은 단순합니다. 제가 담당하고 있는 〈인간학 Ⅱ〉 과목 가운데 '가정'이라는 장이 있는데, 이제는 진부해지기까지 한 가족의 소중함과 가치를 추상적으로 정리하기보다는 먼저 관계에서 비롯된 옹이들을 찾아 풀어내도록 하기 위해서입니다.

어머니와 딸은 자라면서 함께 지내는 시간이 많아서인지 시간이 지날수록 친구처럼 가까워집니다. 그러나 아들과 아버지의 사이는 그렇지 않은 것 같습니다. 권위적인 아버지에게서 받은 억압과 분노, 슈퍼맨인 줄 알았는데 자라면서 목격한 아버지의 초라함에 대한 애증 등이 대화를 막아왔습니다.

아버지와 대화는 하고 싶지만 지금까지 해본 적이 없어서, 혹은 두려워서 외면해온 학생들이 많습니다. 대화의 방법을 모릅니다. 그건 부모도 마찬가지입니다. 대학생이면 이제 떠오르는 해와 같고, 그런 아들을 둔 부모는 서서히 지는 해와 같습니다. 이전의 관계는 이미 역전되고 있지만 애써 외면할 뿐입니다.

이 젊은이들이 그 매듭을 풀지 않고 나중에 독립해서 살아가면 평생을 풀지 못하는, 화해하지 못한 과거를 안고 살게 될 겁니다. 아버지는 이미 훌쩍 커버린 아들이 은근히 어렵습니다. 관성적으로 유지해온 아버지로서의 권위와 아직은 유효한 경제적 실권만 쥐고 있을 뿐, 존경과 이해와 사랑은 기대하지 못하기 때문입니다.

학생들은 이 과제를 받으면 처음에는 누워 떡 먹기처럼 쉬울 거라 생각하지만 막상 쉽사리 실천하지 못합니다. 차일피일 미루다가 보고서 때문에 어쩔 수 없이 등 떠밀려 아버지의 발을 씻게 되는 경우가 많습니다. 어색해서 시선을 마주치지도 못합니다. 그래서 어떤 친구들은 아예 과제라고 말하기도 하는 모양입니다. 그러나 어떻게 마련되었느냐는 중요하지 않다는 것을 금세 깨닫게 됩니다. 아버지의 발을 잡는 순간, 가슴 저만치에서 뭔가 치밀어오르는 걸 느낍니다. 아버지가 불쌍하다는 생각, 고맙다는 생각, 앞으로 건강했으면 좋겠다는 생각 등. 아버지와 아들은 서서히 마음을 열고 만나기 시작합니다. 그래서 발을 씻고 난 뒤에 함께 소주잔을 나누었다며, 그 화해에 감사하고 가장 기억나는 과제였다는 말을 건네오는 친구들도 있습니다. 저는 그들이 과거와 화해했다는 생각에 함께 행복해집니다.

화해되지 않은 과거에는 선생님도 있습니다. 학생들의 잘못이 있기야 했겠지만 교사들 가운데 인격적으로 미성숙한 이들도 많아서 배추 순처럼 예민한 아이들에게 많은 상처를 줍니다. 그래서 나중에 자란 뒤에도 그 시간을 용서하지 못하게 만듭니다. 따뜻한 인격적 대화보다는 도에 넘치는 체벌과 편애, 그리고 부적절한 처신이 아이들에게 평생 아픈 상처를 남깁니다.

며칠 전 고등학교 1학년 때 같은 반이었던 동창을 오랜만에 만났습니다. 그는 고3 때 담임교사의 비인격적이고 비정상적인 태도 때문에 한 해 내내 마음고생을 했습니다. 그 상처가 얼마나 컸는지 쉰이 다 되는 나이에도 그 학교 근처는 지나고 싶지 않아 먼 길로 돌아갈 정도였다고 합니다.

가장 아름다워야 할 풋풋한 시간을 상처와 분노로 물들게 한 그 교사는 자신의 잘못된 처신이 얼마나 큰 아픔을 주었는지 모를 겁니다. 부당하게 못살게 군 물리적 심리적 학대보다 더 나쁜 건 그 학생의 청춘의 시간을 무자비하게 도려낸 만행입니다.

이제 그 친구도 조금씩 마음을 열기 시작해서 얼마나 고맙고 반가운지 모릅니다. 그 교사가 늙고 힘 없는 나이가 돼서도 아니고 우리가 나이 들어서만도 아닙니다. 그 분노와 증오를 털어내고 살아야 온전한 제 삶을 살 수 있음을 깨달았기 때문입니다. 이제 그도 자신의 과거와 화해하는 법을 스스로 깨치게 되어 다행입니다. 과거와의 화해는 가시처럼 내 손가락에 생채기를 만든 사람과 사건을 너그럽게 용서하고 덮어둘 수 있는 겸손과 너그러움을 배우게 합니다.

아무리 늦어도 자신의 화해되지 않은 과거는 벗어던지고 살아야겠습니다. 풍족하게 자라지는 않았지만 늘 서로를 아끼고 위하고 이해하며 살아온 우리 형제들이 얼마나 소중한지 새삼 고맙습니다. 그렇게 살도록 가르쳐주신 부모님이 고맙습니다. 과거와의 화해는 미래와의 인사입니다. 우리 모두에게 평화를 빕니다.

결대로 살 작은 용기와 지혜

겨우 반쯤 남은 잎들이 악착같이 나무에 매달려 흔들리는 걸 보고서야 창밖에 바람이 불고 있음을 압니다. 고작 이 유리창 하나의 간격이 밖이 추운지 따뜻한지 알 수 없게 만듭니다. 그저 가을이니 선선한 바람이 불겠거니, 나들이하기에 딱 좋은 날씨려니 가늠만 할뿐 정작 얼 만큼의 바람이 부는지, 온도는 어떤지 알지 못합니다.

세상을 바라보는 삶의 방식도 이와 크게 다르지는 않겠지요. 내 배부르면 모두가 넉넉하게 사는 것 같고, 내가 아쉬우면 세상도 찬바람에 내몰려 있는 것만 같습니다. 실내에 앉아 창밖의 나무가 흔들리는 것을 보고서야 바람이 부는 걸 아는 삶입니다. 아침이면 창을 활짝 열어 환기도 시키고 통풍도 시키면서도 정작 마음을 덜어내고 씻어내는 일은 애써 외면하는 어리석음을 늘 되풀이하며 삽니다.

밖을 내다보면 그냥 어디론가 내달리고 싶어질까 두려워서 눈을 돌리지 못하고 실내에서 하던 일에만 머리 박고 있는지도 모르겠습니다. 그리고 마음을 덜어내고 씻어내기 위해서는 먼저 들여다봐야하기 때문에 그냥 눈 질끈 감고 나 몰라라 사는 건지도 모르겠습니다.

솔직하게 말하자면 두렵습니다. 늘 자신의 속을 이리저리 뒤적이고 잘잘못을 따지고 가려서 모난 것, 모자란 것은 들춰내 비워야 하는 일이 생각처럼 쉽지 않습니다. 몇 번의 경험은 그 일이 그다지 만만하지 않음을 날카롭게 새겨놓아서 쉽사리 반응하지 못하도록 스스로를 묶어놓았습니다. 그래서 늘 주저하다가 그냥 덮어버린 일이 한두 번이 아닙니다.

연구실 창밖, 저의 눈높이쯤 맞닿아 있는 작은 소나무에 쏟아지는 햇살은 역광으로 솔잎을 눈부시게 통과하며 낙엽수들이 주고 간 허전함을 달래줍니다. 그런데 소갈머리 없는 저의 삐딱함 때문인지, 남들 다 떠나는데 저 홀로 남아 으스대는 것만 같아 그 나무가 얄밉기만 합니다. 저 어린 소나무가 무슨 허물이 있을까 싶은 마음에 금세 그 나무에게 미안해지지만, 그래도 여전히 조금은 그 알량한 밉살스러움이 남아 있습니다. 삶의 절반 이상을 이미 허비한 중년의 사내가 지니는 섭섭함과 미련이 아마도 그렇게 속 좁은 타박을 늘어놓게 하는 모양입니다. 푸릇푸릇 흔들림 없이 늘 같은 모양으로 제자리 지키는 어린 소나무가 부러워서 괜히 강짜를 부리는 까닭이기도 할 겁니다.

언제부터 가을이 싫고 미워졌는지 모릅니다. 남들이 물감을 흩뿌려놓은 듯한 단풍에 환호하며 들로 산으로 나들이 가는 것까지 약속하고 심술이 나기도 했습니다. 그래도 그것들이 모두 제 나름의 시간에 대한 성실한 실천임을 깨닫게 된 것은 그나마 다행입니다. 그저 결실을 맺는 계절이어서가 아니라 다 내주고 불필요한 군더더기 덜어내며 다시 세상에 드러낼 싹을 품고 모진 추위를 견뎌낼 준비를 하는 절기임을 늦게나마 알게 되었습니다.

창을 열고 문도 열어봅니다. 넉넉한 바람이 연구실 가득 나들이 옵니다. 한가롭게 책갈피를 뒤척이기도 하고, 화분의 잎들도 간질입니다. 꼼짝 못하고 제자리만 지키던 벽들도 키득키득 즐거워합니다. 읽던 책 그대로 덮고 깊게 숨을 들이마십니다. 폐까지 파고드는 찬 공기가 알싸합니다. 갇혀 지낸 방의 공기는 어느새 가을의 한복판에서 제 몫을 찾아갑니다. 이제 마음만 그 몫을 찾으면 됩니다. 애써 거슬러 살 것 아니라 결대로 살 작은 용기와 지혜가 이 바람을 통해 조금은 자리를 잡는 것 같아 다행입니다. 이왕이면 몽땅 드러내 비웠으면 좋겠지만 아직 그럴 만한 용기는 없습니다. 그저 가끔씩 이렇게 덜며 살 수만 있어도 족하겠습니다.

잠시 후 수업에 들어가서도 창을 활짝 열고 학생들과 함께 가을을 느껴보며 들뜬 영혼을 조금 식혀보는 시간을 가져볼까 합니다. 수업이 끝난 뒤 함께 뒷산이라도 오르면 가난한 행복을 조금은 느낄 수 있을 듯합니다.

어머니가 그리운 명절

명절이면 흩어졌던 가족들이 함께 모여 그동안 그리웠던 사랑을 나누는 기쁨이 가득합니다. 예전에는 명절이면 벌써 한 달쯤 전부터 설레고 기다려지며 더디 가는 시간에 야속해지곤 했습니다. 그런데 이제는 명절이 그다지 반갑지만은 않으니 이를 어찌해야 할지 모르겠습니다. 오히려 명절이 다가오면 가슴부터 빽빽해지는 게 마치 주부들 명절증후군과 크게 다르지 않은 듯합니다.

명절이 코앞에 다가오면 가장 먼저 느끼는 부담은 경제적인 이유 때문일 겁니다. 여유가 있어서 모자란 사람에게 베풀고 덜어줄 수 있는 처지가 되면 좋겠지만, 명절 지나기 전에 갚아야 할 빚들이 먼저 손을 내밀고, 그것 말고도 치러야 할 이런저런 비용들에 대한 걱정이 앞섭니다. 게다가 평소 두세 시간이면 너끈히 갈 거리를 어떤 때는 열 시간 넘게 가다 서다를 되풀이하며 차를 몰아야 하는 부담이 길을 나서기 전부터 가슴을 짓누릅니다.

중학교 때 서울로 유학 와서 처음 맞은 추석을 지금도 잊을 수가 없습니다. 눈을 감으면 떠오르는 어머니 모습, 코끝을 스치는 바람에도 넋 나간 듯 그리던 고향의 모습. 그 기억들로 귀향 열차를 기다리는 흥분을 덜 수는 없었습니다. 자리를 잡지 못하면 족히 세 시간은 이리 치이고 저리 밀리며 힘겹게 서서 가야 할 것을 알면서도 오직 어머니를 만날 수 있다는 기쁨이 그렇게 어린 저를 떠밀고 있었습니다. 차창을 야속하게 스쳐 지나가는 풍경들 하나하나가 정겹고 낯익어 놓치지 않으려 부지런히 눈을 돌리느라 다리 아픈 건 까맣게 잊곤 했습니다. 마침내 역에 내렸을 때 개찰구 앞에 서계신 어머니의 모습을 보는 것은 얼마나 감격스러운 행복이었는지 모릅니다. 그대로 왈칵 안기고 싶었지만 다 큰 사내 녀석이 약한 모습 보이는 것만 같아 수줍어서 그냥 어색한 웃음으로 맞았던 그 시간이 아직도 생생하게 설렘으로 남아 있습니다.

그러나 시간이 흐르고 나이가 들어감에 따라 그 감격도 흥분도 설렘도 조금씩 희미해져 갔습니다. 낯선 곳에 혼자 있다는 적막감 대신 독립적인 삶에 어느 정도 익숙해지면서 시간이 나도 먼저 집으로 달려가려는 생각은 차츰 줄어들었습니다. 자꾸만 해야 할 일들은 많아지고 사귀는 사람들도 하나 둘 늘어가면서 자연스럽게 외롭다는 생각은 사그라들었습니다. 그런데 이제는 여든 넘으신 어머니가 자꾸만 눈부처 되어 밟히고 예전보다 더 애틋하게 그리워지기 시작합니다. 큰아이 멀리 보내놓고 머지않아 둘째도 제 삶을 살아갈 나이가 다가오자 저도 어미닭을 찾는 병아리처럼 자꾸만 거기로 마음이 달려갑니다.

예전처럼 정정하지 못한 몸인데도 당신 손으로 차려놓은 밥상에 앉은 아들 보는 것만으로 흐뭇해하시는 어머니의 부엌으로 달려갑니다. 열 시간이 걸려도, 달빛 아래 허망하게 차를 세우고 지루해하다가도 한 뼘씩 어머니에게로 다가간다는 생각에 가슴이 부풀어 오릅니다. 앞으로 몇 해 동안 어머니를 더 뵐 수 있을지 이제는 알 수 없습니다. 어쩌면 올해가 마지막일지 모른다는 절박감이 더더욱 사무치게 스며듭니다. 앞으로 10년만이라도 더 뵐 수 있다면 그것만으로 한없이 행복해지는 그런 명절입니다.

떠나고 나서야 그리워지는 것

사람 마음이 간사해서인지, 아니면 지나간 것에 대한 아쉬움 때문인지는 모르겠지만 가을 끝자락쯤에서 갑자기 냉면이 먹고 싶어졌습니다. 여름에 자주 시켜 먹던 학교 앞 식당에 전화를 했더니 철딱서니 없는 사람이라고 핀잔하듯이 우물에서 숭늉 찾느냐며 타박합니다. 유난히 더웠던 올 여름, 그나마 지친 심신을 달래주었던 것이 냉면이었습니다. 반쯤 언 얼음이 사그락거리며 둥둥 떠 있는 물냉면의 시원함도 좋았고, 보기만 해도 입이 얼얼할 것만 같은 비빔냉면도 아직 입에 아련합니다.

여름내 즐겨 먹었던 냉면도 선선한 가을 바람이 불면서부터는 마치 하복 벗고 일시에 까만 동복으로 갈아 입듯 입에 대지 않았습니다. 냉면이란 게 본디 더울 때 먹는 거라는 듯. 그렇게 까맣게 잊고 지내다가 오전 강의를 마치고 모처럼 뒷산에 올라갔다 오니 봄에 땀이 배고 나서야 갑자기 시원한 냉면 생각이 났던 겁니다. 그러면서 본디 냉면은 추운 겨울에 먹어야 제맛이라며 스스로를 합리화시키고 있었습니다.

물론 오장동이나 장사동 골목에 가면 지금도 언제든 계절 가리지 않고 1년 내내 냉면을 즐길 수 있습니다. 하지만 여름 잠깐 별미 식단으로 내놓은 동네 식당에서야 그럴 수는 없습니다. 냉면은 그렇게 자신을 한순간에 잊고 지낸 제게 통쾌한 복수를 한 것만 같습니다. 든 자리 모르고 난 자리 안다더니, 오늘 제겐 냉면이 그랬습니다.

냉면은 다른 음식과는 달리 육수를 마련해야 하는 탓에 찾는 손님이 없을 때 무작정 만들어낼 수 없습니다. 그래서 오늘 저처럼 불충한(?) 손에겐 쌀쌀맞게 퉁박을 부릴 수밖에 없겠지요. 그것을 알면서도 괜히 섭섭하고 야속하기만 합니다. 그저 모든 게 내게 맞춰져야만 옳은 것이라고 믿고 사는 어리석음이라는 걸 모르는 채로 말입니다.

그러고 보니 세상사도 마찬가지인 것 같습니다. 있을 때 잘해주지 못하고 떠나고 나서야 그리워하고 애틋해하며 때론 야속해하면서 삽니다. 그러다가 언젠가 다시 돌아오면 심통 부리며 고개를 외로 돌리기도 하고, 다시 찾아준 것을 감사하며 곁으로 껴안기도 합니다. 사람에 대해서도 그렇습니다. 마음속에 늘 가까이 있는 사람은 오랜만에 봐도 금세 봤던 양 반갑고 살갑지만, 그렇지 않은 경우는 가끔 어색하고 민망하기도 합니다.

한참을 외면하다가 다시 찾아도 아무 말 없이 제 속내를 그대로 드러내 보여주는 것은 아마 책이 아닐까 싶습니다. 살 때는 흥분과 기쁨으로 밤을 새울 것만 같다가도 어느 틈엔가 얌전히 책장 한쪽에 무관심하게 꽂힌 채로 제 차례를 기다립니다. 그러다가 뽑혀서 책장이 넘겨지는 순간 아무 투정도 없이 묵묵하게 자신을 드러내는 미덕을 지닌 것이 바로 책입니다.

허투루 사는 것은 아니지만 일에 쫓기고 마음에 밀려나 한구석에 쌓여 있는 일이며, 사람이며, 또 그 밖에도 많은 것들이 있을 겁니다. 어쩌다 생각이 나도 그동안 외면한 게 미안하고 계면쩍어 손 내밀기 어려웠던 게 적지 않습니다. 가끔은 들춰내서 꼭 했어야 할 일들은 조금이라도 마무리 짓고, 잊고 지냈던 사람들은 주소록 찾아내 짧은 안부 인사나마 총총 적어 보내야겠습니다. 서로가 잊지 않고 마음속에 담고 있어도 그냥 품기만 하면 저절로 잊게 된다는 걸 너무 자주 경험했습니다. 예전 엽서처럼, 그냥 한 뼘 네댓 줄의 건조한 문장이나마 저를 담아 보내야겠습니다. 갑자기, 혹은 가끔 기억나는 냉면의 추억으로만 남더라도.

애절함을 담은 꽃 상사화

설악산은 대청봉부터 단풍이 막 시작되었지만 다른 산은 아직 악착같이 끝물인 녹색 잎을 부여안고 있습니다. 이맘때쯤이면 꼭 다녀오고 싶은 곳이 있습니다. 전남 영광에 있는 불갑사가 그곳입니다. 그 절은 이 땅에 가장 먼저 불교를 전해준 인도승 마라난타가 백제 침류왕 때 지은, 이 나라 불교의 뿌리가 되는 도량이어서 역사적 가치가 있는 곳입니다.

이 무렵 그 절에 가는 건, 절집 때문이 아니라 한 무더기의 꽃을 보기 위해서입니다. 염불보다 잿밥이란 말이 딱 맞는 말인 것만 같아 약간 송구하기는 하지만, 막상 꽃무릇들이 무더기로 무리지어 핀 장관을 보면, 그다지 타박만 할 일은 아니다 싶을 겁니다.

꽃무릇은 흔히 상사화라고 부르기도 합니다. 어쩌면 이 이름이 더 익숙할지도 모르겠습니다. 꽃무릇 하면 고개를 갸웃거리던 사람들도 상사화라고 하면 그제야 고개를 끄덕이는 걸 보면 익숙한 이름은 아닌 모양입니다.(사실 꽃무릇과 상사화는 같은 백합과에 속하면서도 다른 꽃입니다. 상사화는 6월에 피고 꽃색깔도 분홍빛이지만, 석산이라 부르는 꽃무릇은 9, 10월에 피는 붉은 꽃입니다. 그러나 잎과 꽃이 만나지 못하는 공통점 때문인지 사람들은 두 꽃을 같은 이름으로 '의도적으로 혼동하여' 부른 모양입니다.)

상사화(相思花). 이름 한 번 참 애틋하지요. 젊은 시절 한 번쯤은 상사병에 빠져봤을 것이니 그 이름의 애틋함은 짐작할 수 있을 겁니다. 꽃과 잎이 한 번도 만나지 못하고 늘 엇갈리는 꽃이어서 붙여진 이름이라 합니다. 사실 잎이랄 것도 없고 꽃대만 허리춤까지 길게 자라는 식물입니다. 대개의 꽃들은 봄과 여름에 피는 데 반해 이 꽃은 9월 중순에서 하순에 걸쳐 핍니다. 앙상한 꽃대 위에 금방이라도 눈 멀게 할 것만 같은 붉은 꽃의 군무(群舞)는 정말 시리도록 아름답습니다. 그 꽃들이 무더기로 피어 있는 곳이 바로 이 절집과 그 뒤 저수지와 불영대 주변입니다. 특히 숲 아래 무리지어 핀 꽃무릇의 아름다움은 여느 꽃의 그것과는 다른 감동을 줍니다.

본디 꽃보다는 나무를 좋아하는 편이어서 그다지 꽃 구경 가기를 즐기지는 않지만, 이 꽃은 먼 길을 달려가서 보기를 마다하지 않을 감동을 주기에 이맘때가 되면 마음부터 달려갑니다. 그렇지만 마음과는 달리 해마다 가보지 못하고 운 좋게 딱히 바쁜 일 없는 해에는 서너 시간 기꺼이 차를 몰아 다녀옵니다.

누구든 이 꽃을 보면 쉽게 잊지 못할 겁니다. 꽃과 잎이 평생을 서로 만나지 못하는 애절함도 그렇거니와 가을에 꽃을 피우는 경우는 흔치 않은 터라서 그 감동이 더 짠할 겁니다. 견우와 직녀는 그래도 1년에 한 번은 만나서 쌓인 그리움을 풀어놓을 수 있지만 그것마저 허락되지 않은 이 꽃을 보고 나면, 힘겹고 버거운 삶 속에서도 소박한 위로를 받을 수 있어서 각별합니다.

그리운 이, 그리운 시간, 아쉬운 일들 때문에 품고 사는 애절함이 얼마나 많겠습니까? 때론 무디고 때론 그러려니 하는 체념으로 그냥 담아두고 살지만 갑자기 불쑥 치밀어 오르는 그 격정마저 온전히 잊고 살지는 못합니다. 그런 까닭에 이 꽃의 아름다움과 위로는 놓치기 아쉬운 특별함을 지니고 있습니다.

올해는 한가위가 턱밑이라 몸을 거기로 옮겨놓을 수 없어 아쉽지만 마음은 그 언덕에 닿아 있습니다. 다른 여행은 함께 가는 즐거움도 좋지만, 이 방문길은 늘 호젓하게 혼자 다녀오는 걸 즐긴 까닭도 어쩌면 그 꽃의 애잔함 때문인 것 같습니다.

올해도 이런저런 일로 마음만 훌쩍 다녀왔습니다. 내년에는 놓치지 말고 꼭 다녀오마 하는 약속으로 스스로를 달래봅니다.

손돌바람의 매서운 한기 속에서

요 며칠 제법 누었던 기온이 다시 냉랭하게 표변했습니다. 일기 예보를 보면 기온은 많이 떨어진 것 같지 않은데 바람이 여간 매운 게 아니어서 체감되는 건 소한(小寒)쯤의 날씨에 뒤지지 않습니다. 이 바람이 '손돌바람'이라는 걸 오늘 처음 알았습니다. 음력 시월 스무 날쯤부터 부는 몹시 추운 바람을 옛 어른들은 그렇게 불렀다고 합니다.

이제 얼마 안 있으면 한 해 중 낮이 가장 짧고 밤이 가장 길어진다는 동지(冬至)가 됩니다. 요즘은 세시풍속 따라 동지에 팥죽 끓여 먹는 일도 거의 없기 때문에 이 날은 대개 잊혀진 상태로 지나가지만, 어릴 적만 해도 찹쌀 새알이 조물조물 담긴 팥죽을 먹으며 한 해의 횡액을 막고 새 날의 희망을 다듬었습니다. 대문에 팥죽을 바르기도 하고 장독에 한 사발 올려놓기도 했습니다.

어둠이 머무는 시간이 가장 길다는 건, 이제 하루하루 밝음의 시간이 점점 더 길어지기 시작한다는 것을 뜻합니다. 어둠의 끝에서 밝음이 시작됩니다. 그래서 옛 어른들은 동지를 그렇게 따사로운 의미로 지켰던 것 같습니다.

동지는 비단 우리네만 지켰던 풍습은 아니었던 것 같습니다. 많은 문화들이 이런 액막이 풍속을 지니고 있습니다. 오늘날 그리스도교와 유대교에서 가장 중요한 날 가운데 하나인 과월절(혹은 유월절)도 사실은 이스라엘 사람들이 고대 이집트에서 탈출할 때 있었던 일종의 '재앙 피하기'에서 유래합니다. 이집트 왕이 끝내 그들을 내보내주지 않자 모세를 통해 하느님은 모든 이집트의 맏배를 죽이게 합니다. 사람이건 가축이건 모든 맏배가 죽게 될 운명이었지만 번제로 바친 어린 양의 피를 문설주에 바른 집은 그 재앙이 피해 갔다는 사건을 기리는 게 바로 그 풍속입니다. 〈알리바바와 40인의 도적〉에서도 재앙을 피하기 위해 문설주에 표시를 하는 대목이 있는데, 이것 또한 마찬가지의 원의였을 겁니다.

사실 오늘날 전 세계적으로 가장 많은 사람들이 함께 축하하는 성탄절도 절기상으로는 동지에 맞닿아 있습니다. 그걸 보더라도 크리스마스의 의미는 새로운 날(낮/빛)의 시작을 상징하는 함축일 겁니다. 어둠이 물러가고 빛이 다가오는 출발점.

옛날이나 지금이나 그렇게 빛에 대한, 새 날에 대한 기대와 몸 사림은 마찬가지인 모양입니다. 중동 지역의 사람들이야 빛의 길이만 느끼겠지만 우리는 지리적 여건 덕택에 매서운 추위까지 느끼는 터라 동지를 넘기는 체감은 더 각별했을 겁니다. 그런데 오늘 우리는 그런 것 그다지 느끼지 못하며 둔하고 미련하게 살아갑니다.

손돌바람 불 때쯤 되면 이제 지루한 겨울이 본격적으로 시작됩니다. 그런데 옛 어른들은 그 겨울의 한복판에서 오히려 새 봄의 시작을 보았던 겁니다. 날씨야 여전히 춥고 앞으로 더 매섭게 다그치겠지만, 그래도 하루에 한 뼘씩 길어지는 햇빛의 자람은 그 혹독한 겨울을 견뎌낼 수 있는 여유를 갖게 해줄 겁니다. 어둠이 가장 짙을 때가 새벽의 시작이라는 지혜가 없다면 사람들은 공포에서 벗어날 수 없을 겁니다.

힘들고 버거운 삶 속에서 좌절과 절망을 맛보는 일이 많습니다. 그러나 그때가 바로 새로운 시작의 시간이라는 걸 새삼 새길 때가 아닌가 싶습니다. 요즘 식으로 말하자면, '바닥치기'라고 할 수 있겠지요. 손돌바람의 매서운 한기 속에서 그걸 깨달았으면 좋겠습니다. 하지만 밖의 바람은 여전히 칼날처럼 시립니다. 그래도 한 뼘씩 자라나는 낮은 막을 수 없겠지요. 그래서 또다시 사는 모양입니다.

익숙해지는 건 자신을 잊는 것이다

겨울이 '도착'했습니다. 어설픈 가을 틈 타 문 뒤에 숨어 있다가 갑자기, 그야말로 갑자기 도착했습니다. 입동(立冬)때마다 '무슨 겨울 시작이 이래?' 하던 푸념을 한꺼번에 날려버릴 참이었는지, 제대로, 호되게 찾아왔습니다. 서울에도 진눈깨비가 날리고 어떤 곳에서는 펑펑 함박눈까지 날리며 도도하게 왔습니다. 엊그제까지만 해도 늦가을 치고 너무 따뜻해서 반팔을 입고 다니던 사람들이 오늘은 화들짝 놀라 옷장 깊숙하게 개두었던 두꺼운 겨울옷 주섬주섬 꺼내 입고 옷깃까지 세우고 다닙니다.

느슨한 날씨에 어느덧 익숙해져서 어쩌면 이대로 봄이 되지나 않을까 하는 어리석은 우려는 이미 어디로 숨었는지 흔적조차 찾을 수 없습니다. 달력을 볼 때마다 가을이 끝자락에 와 있음을 알면서도 날

짜의 결을 거슬러 자꾸만 어설퍼지는 날씨는 우리로 하여금 잠시 자연의 엄연한 법칙마저 우습게 여기게 만들었는지도 모릅니다. 하지만 어김없이 계절은 남에게 제자리 내주는 법 없이, 냉엄한 경고처럼 그렇게 화급하게 달려와 자리를 차지하고 있습니다. 우리는 반팔 입고 다니며 인디언 서머(Indian Summer)인 줄 착각하고 지냈지만, 산허리까지 이미 작별을 고한 단풍들은 묵묵히 제 갈 길을 가고 있었던 걸 이제야 깨닫습니다.

아니다 아니다 하면서도 하루하루 반복되고 이어지는 계절의 변칙에 어느덧 익숙해지는 것처럼 우리네 삶도 어쩌면 그렇게 어설픈 익숙함 속에서 스스로를 놓치며 살아가는 건 아닌지 모르겠습니다. 계절의 커다란 시간 속에서 오늘 하루를 보지 못하고 그저 어제와 비슷하게 이어지는 오늘을 느낄 뿐입니다. 잠깐의 변칙과 일탈이 있더라도 결국에는 제자리를 잡아가는 자연을 보면서도 제 삶의 타성은 모르고 살고 있다는 부끄러움에 정신이 번쩍 듭니다. 그렇다고 하루의 결을 촘촘하게 가르고 느끼고 채우는 미시적 열정도 거시적 이해도 미처 돌아보지 못하고 그냥 스쳐지나는 반복의 삶을 살고 있는 것 같습니다.

나무가 단단한 목질을 품게 되는 건 어김없이 찾아오는 힘겨운 계절을 겪으면서라지요. 그 인고(忍苦)의 시간 동안 일찌감치 불필요한 낭비를 막기 위해 푸짐하던 잎들을 스스로 털어낸 나무의 지혜를 보지 못하는 우리는 모자라도 많이 모자랍니다. 어떤 시인은 '이 지구는 제비꽃에게는 하나의 화분이다'라고 했습니다. 우리는 그저 재화의 대상으로만 바라보고 그걸 얻으려 아등바등 애쓰며 사는데, 시인은 그게 그저 화분에 불과할 뿐이라며, 정작 그 화분이 피어낸 제비꽃은 보지 못하는 우리를 무안하게 만듭니다. 자연에게는 그처럼 배울 게 너무 많습니다. 그런데 그 안에 살면서도 그걸 모르니 바보 같다는 안타까움을 털어낼 수 없습니다.

꽃을 피울 때와 접을 때를, 경주하듯 키를 키울 때와 마치 죽은 듯 안으로 단단하게 조이는 때를 조금씩은 느끼고 알면서 살아가면, 제 삶도 제비꽃 키우는 화분일 수 있겠다 싶습니다. 시간은, 자연은 예고했지만 우리는 애써 무시하고 그저 어제와 똑같은 오늘만 짐작하며 살았습니다. 익숙해지는 건 스스로를 잊는 것임을 초급행으로 도착한 겨울은 깨닫게 해줍니다. 그래서 그 눈바람이 마냥 차갑게만 느껴지지는 않는 모양입니다. 성숙하게 다지는 겨울을 마련하고 싶습니다. 봄은 또 그렇게 올 것이기 때문입니다.

스스로를 새롭게 엮는 일

편도 4차선으로 거침없이 달리던 차가 갑자기 앞에 줄지어 늘어선 차의 꽁무니를 보고 가쁜 숨을 고르며 급하게 멈춰 섭니다. 평소에 막히는 길이 아니기에 무슨 사고가 난 모양이라고 짐작하며 어서 사고 차량을 견인해 가기를 바라면서 동동거리는 마음을 달랩니다. 그런데 시간이 한참 지났는데도 길은 좀처럼 풀릴 기미가 보이지 않습니다. 얼마쯤 그렇게 길게 묶여 있었을까? 마침내 앞차들이 다시 속력을 내며 달리는 모습이 어렴풋하게 보입니다.

알고 보니 사고가 난 것이 아니라 차선을 새로 그려놓느라 길 하나를 막았기 때문에 생겨난 체증이었던 겁니다. 나머지 세 차선이 남아 있었는데도 그리 막혔다는 게 쉽게 믿기질 않습니다. 흔히 말하는 병목현상이 늘 그렇듯, 막상 그곳을 지나면서는 의아하다는 생각이 듭니다.

우리 몸도 굵은 혈관이 조금씩 막혀서 제대로 피가 돌지 못하기 때문에 탈이 나는 경우를 많이 봅니다. 그래서 나이 들면서 즐기던 육식도 줄이고 술과 담배도 멀리해보지만 자꾸만 기능과 성능이 예전만 못하다가 급기야 갑자기 동작을 멈추는 바람에 큰 곤욕을 치르는 경우가 많습니다. 걷기며 달리기며 이른 아침과 늦은 밤까지 산책로를 가득 채우는 사람들의 대다수가 중년들인 것도 다 그런 두려움 때문일 겁니다.

하지만 정작 이러한 병목현상을 경계해야 하는 건 우리의 사고와 의식구조에 대해서가 아닐까 싶습니다. 끊임없이 새로 들어온 지식들이 이미 쌓여서 자리만 차지하고 자리를 내주지 않은 탓에 길게 늘어서 있습니다. 낡고 뒤떨어진 것들임을 알면서도 그걸 주워 담느라 치른 값이며 노력 때문에 쉬 덜어내지 못하고 그저 있는 힘껏 쥐고 있기만 합니다. 그런 지적 병목현상이야말로 얼마나 위험하고 치명적일 수 있는지 별로 생각하며 살지 못하는 것 같습니다. 어렵사리 담아둔 그것들을 버리기란 쉬운 일이 아니겠지요. 그래서 행여나 그것마저 사라질까 두려워 늘 칸을 지르고 담을 쌓아 담아두고 있습니다. 마음 또한 걸리고 막히는 병목이 마치 거미줄처럼 심하게 얽혀 있음을 고백하지 않을 수 없습니다. 곳곳에 박힌 옹이며 풀리지 않은 채 엉겨 있는 매듭들이 너무 많아서 쉽게 마음 열지 못하고 너그럽게 받아들이지 못합니다.

나이가 들면 보수화되는 것은 어쩔 수 없는 현상이라며 애써 그런

어리석음을 변명하고 합리화합니다. 하지만 진보 없는 보수는 수구에 불과하다는 따끔한 격언처럼, 새 지식과 정보를 담지 못하고 오히려 그 길을 막고 있다면 동맥경화나 병목현상보다 더 치명적입니다. 답답하고 짜증나는 삶에서 벗어나지 못할 겁니다. 새로운 시대에 맞게 컴퓨터를 능란하게 다룬다고, 디지털적 사고를 마련한다고 해결되지는 않습니다. 집착과 미련을 덜어내고 스스로를 새롭게 짜고 엮는다는 기꺼움으로 변하지 않고서는 금세 다시 벽에 붙어 꼼짝하지 않는 훼방꾼이 되고 말 뿐이기 때문입니다.

그러나 정작 어떻게 해야 그리 되는지는 똑부러지게 알지 못하고 있다는 생각이 앞서면서 엉거주춤 이러지도 저러지도 못한 채 머뭇거리고만 있습니다. 너른 길에서 한 귀퉁이만 막아도 쩔쩔 매는 자동차의 처지와 다르지 않으면서도, 그저 조금만 참으면 다시 뻥 뚫린 길 달릴 거라는 막연한 기대로 마냥 기다리고만 있는 것 같아 두렵고 부끄럽기만 합니다. 저의 지성도 감성도 영혼도 병목에 갇힌 채 진작부터 동맥경화의 조짐을 드러내고 있는 것은 아닌지 걱정입니다. 거침없이 달리고 싶은 마음은 굴뚝같은데…….

마흔의 끝자락에 길을 나서다

공자는 나이 마흔이면 흔들림이 없고(不惑), 쉰이면 비로소 세상 이치를 안다(知天命)고 했습니다. 그러나 제 나이 마흔 줄에 들어선 지도 벌써 여덟 해가 지났건만 여전히 이리저리 흔들리고 갈팡질팡 제 길을 찾지 못하고 있는 때가 많습니다. 조금만 시린 말 들어도 삐치고 토라지는 어리석음만 덕지덕지 붙어 있습니다.

그렇다고 조르바처럼 당당하고 활기찬 고뇌와 번민을 안고 유혹 속에서 자신을 더 굳건히 만드는 삶도 아닙니다. 조금의 이익만 있어도 눈과 귀가 쏠리고 살짝만 간질여도 간도 내어줄 듯 마음까지 그대로 쏟아내는 유치와 우매만 고스란히 남아 있습니다. 살아온 시간으로만 마흔 해 넘게 채웠을 뿐 공자의 가르침에는 한참 모자라는 삶입니다. 아직 두 해가 남았으니 그동안 늦게나마 공자의 가르침대로 살아보자는 가녀린 희망만 부여안고 있습니다.

한편으로는 흔들리고 엎어지는 삶이 오롯이 부끄럽고 싫지만은 않습니다. 실존주의 철학자 키에르케고르는《죽음에 이르는 병》에서 '불안은 살아 있다는 증거'라고 했습니다. 그렇다고 그이처럼 거창하게 그 불안이 인간 존재의 근원이니 어쩌니 할 깜냥도 되지 못합니다. 다만 이렇게 흔들리고 여전히 고민을 접지 못하는 제 삶이 조금은 부끄러우면서도 아직 꺼지지 않은 불꽃을 안고 있다고 안도해봅니다. 태양을 향해 날아가는 이카루스의 밀랍 날개를 달고 있는 어리석은 모습이면서도 한편으론 꺾이지 않는 시지푸스의 의지를 아직은 버리지 않은 변방인의 모습이 제 40대의 삶인 것 같습니다.

젊었을 때 세웠던 뜻(而立)은 이리저리 흩어지고 그저 몇 남은 파편만 주머니에 넣고 다니며 가끔 손을 넣어 꼼지락거릴 뿐이지만 그 조가리들을 버리지도 못하겠습니다. 어쩌면 그 그릇은 진작 깨버렸어야 하는 건지도 모르겠습니다. 그릇의 쓰임도 제대로 모른 채 그저 붙잡아 간직하고 있기만 하느라 정작 제 그릇 만드는 건 소홀했던 것 같습니다. 그래서 그 그릇 깨진 게 오히려 다행스럽다는 생각이 듭니다. 그러니 이렇게 흔들리고 연약한 모습이 공자님께 마냥 부끄러운 것만은 아닙니다.

어쩌면 서른에 뜻을 세우고 쉰에 하늘의 명을 알게 된다는 건 쉰에 가서야 제대로 된 제 삶을 이룰 수 있다는, 아니 그건 고사하고 그제야 삶을 제대로 알 수 있다는 의미인 것만 같습니다. 남들 보기에 이 나이에도 갈등하고 번민하는 모습이 어리석어 보일지 모르지만, 저는 이게 바로 제가 살아 있다는 징표라고 생각합니다. 마감을 거부하고 늘 새로운 시도와 좌절과 재기의 과정을 통해 정말 제가 원하는 길을 만들어갈 수 있을 것이라고 믿기 때문입니다. 그래서 이렇게 불혹의 단단함을 마련하지 못하고 여전히 미욱하게 헤매는 제가 부끄럽지만은 않습니다. 아직 갈 길이 제법 멀기 때문입니다.

예순이 되어서도 제 귀는 여전히 날이 서서 둥글둥글 막힘 없이 웅이 없이 듣지는(耳順) 못할 거라는 예감이 듭니다. 그 나이에도 여전히 괄괄하게 살고자 하기 때문입니다. 그러니 지금 이렇게 흔들리고 고뇌하는 것은 어쩌면 이제야 삶의 진면목을 겨우 보았기 때문인지도 모르겠습니다. 머리에는 이미 서리가 내리고 돋보기를 써야 가깝고 작은 글씨들을 읽게 되었지만 비로소 청춘이 다시 시작되는 것이라 믿습니다. 삶이 이 믿음을 받아줄지 거절할지 그건 저도 아직 모릅니다. 하지만 그 믿음이 배반당한들, 그 때문에 삶이 무기력하지 않고 꿈틀거릴 수 있다면 이미 그것만으로도 감사한 일입니다.

어설프게 이 길 저 길 기웃거리고 가본 길도 많습니다. 그것만으로도 제법 삶을 살았다 자부할 수 있을 만큼 다녔습니다. 그러나 꺼지지 않는 불씨처럼 남아 있는 프로스트의 〈가지 않은 길〉은 여전히 저로 하여금 다시 길을 나서게 만듭니다. 이 길 나서서 언제 다시 돌아올지도 모르고 숲에서 헤맬지도 모릅니다. 하지만 여전히 두근대는 가슴 안고 그 길 나섭니다.

불혹이란 그저 물리적 가늠일 뿐, 여전히 뜻을 세우는 한 서른 청년의 모습을 잃지 않습니다. 늙은 청년. 그 부조화가 끝까지 삶에 진지할 수 있는 마흔여덟을 버텨줍니다. 이제야 제대로 된 삶을 사는 또 다른 출발점이기에 저는 스스로에게 이 시간을 축복해주고 싶습니다.

가지 않은 길

프로스트

노란 숲 속 두 갈래 길.
두 길 다 가지 못하는 것 못내 안타까워
한참을 서서 한 길이 굽어 꺾여 내려간 데까지
바라다 볼 수 있는 만큼 멀리 바라다 보았습니다.
그리고 똑같이 아름다운 다른 길을 택했습니다.
거기엔 풀이 더 있고 사람이 걸어간 자취 적어,
아마 더 걸어야 될 길이라고 생각했던 게지요.
그 길 걷게 되어, 어차피 그 길도 거의 같아지겠지만.
그날 두 길엔
낙엽 밟은 자취는 없었습니다.
아, 나는 다음 날을 위해 한 길은 남겨두었습니다.
이어진 길 끝 없어
다시 돌아올 수 있을까…….
훗날 먼 훗날 나는 어디선가
한숨 쉬며 말하겠지요.

숲 속에 두 갈래 길 있었다고,

나는 사람이 적게 간 길 애써 잡았노라고.

그리고 그것이 내 삶을 바꿔놓았노라고.

어찌 두 갈래 길만 있겠습니까? 그 길 너무 많아 방황하고 흔들렸던 걸 너무 잘 알고 있습니다. 그러나 이제야 어떤 길이 제 길인지 조금씩 알아가는 나이가 되었습니다. 일찍 출발하지 않은 것은 아닙니다. 어쩌면 두 길 모두 조금씩은 걸었습니다. 그래서 이 길도 저 길도 제대로 못 걸었는지도 모르겠습니다. 하지만 이제 다시 길을 떠나며 여러 갈래 길에서 나침반 하나 들고 오랫동안 더듬었던 그 길을 나섭니다. 그래서 저는 이 시에 한 줄을 더 붙이고 싶습니다.

마흔 끝자락에 다다라서야

알았네. 또 다른 길 있음을.

나이듦의 즐거움

1판 1쇄 발행 2007년 1월 5일
1판 4쇄 발행 2009년 5월 8일
2판 1쇄 발행 2014년 3월 20일
2판 3쇄 발행 2018년 11월 15일

지은이 김경집

발행인 양원석
본부장 김순미
편집장 김건희
해외저작권 황지현
제작 문태일
영업마케팅 최창규, 김용환, 정주호, 양정길, 이은혜, 조아라, 신우섭, 유가형, 임도진, 김유정, 우정아, 김양석, 정문희

펴낸 곳 ㈜알에이치코리아
주소 서울시 금천구 가산디지털2로 53, 20층(가산동, 한라시그마밸리)
편집문의 02-6443-8902 **구입문의** 02-6443-8838
홈페이지 http://rhk.co.kr
등록 2004년 1월 15일 제2-3726호

ISBN 978-89-255-5257-6 (03810)